URSULA HUTTER

Zur Spätlese Mord

CHORSTURZ Fliegend auf der ganzen Welt unterwegs, freut sich Lilli Palz auf ihren Heimaturlaub in der Südsteiermark. Just am Tag ihrer Ankunft in Ehrenhausen wird die langjährige Organistin in der Pfarrkirche tot aufgefunden. Bald ist klar, es war Mord. Und dann wird auch noch im Archiv des Gemeindeamtes eingebrochen. Zufall? Lilli fühlt sich ihrer Vertrauten aus Kindheitstagen verpflichtet und will den Mörder finden. Ihre beiden Freunde unterstützen sie dabei tatkräftig – Hilde hochmotiviert, Arthur gezwungenermaßen. Welches Motiv könnte jemand gehabt haben, die allseits beliebte und angesehene Mitzi umzubringen? Obwohl bald zwei Verdächtige in Untersuchungshaft kommen, lassen sich die drei Freunde nicht von ihrer heimlichen Ermittlungsarbeit abhalten. »Durch's Reden kommen die Leut' z'samm« und dabei stoßen sie zufällig auf Geheimnisse, die niemanden an der Südsteirischen Weinstraße kalt lassen.

© www.fotostudio-resch.at

Ursula Hutter ist in der Südsteiermark geboren und aufgewachsen. Schon früh wollte sie andere Länder und Kulturen kennenlernen. Sie war viele Jahre bei Austrian Airlines als Flugbegleiterin und als Trainerin in der Personalentwicklung des Flugbetriebs tätig. Ihr Studium der Anglistik/Amerikanistik, Publizistik und Kommunikationswissenschaft bildet die Basis für ihre Arbeit als Trainerin und Coach in Unternehmen und an Fachhochschulen. In ihrer Freizeit schreibt sie Krimis und singt im Radio Wien Chor. Sie lebt in Wien und in der Südsteiermark.

URSULA HUTTER

Zur Spätlese Mord

KRIMINALROMAN

GMEINER

Personen und Handlung sind frei erfunden. Ähnlichkeiten mit lebenden oder toten Personen sind rein zufällig und nicht beabsichtigt.

Die automatisierte Analyse des Werkes, um daraus Informationen insbesondere über Muster, Trends und Korrelationen gemäß § 44b UrhG (»Text und Data Mining«) zu gewinnen, ist untersagt.

Bei Fragen zur Produktsicherheit gemäß der Verordnung über die allgemeine Produktsicherheit (GPSR) wenden Sie sich bitte an den Verlag.

Immer informiert

Spannung pur – mit unserem Newsletter informieren wir Sie regelmäßig über Wissenswertes aus unserer Bücherwelt.

Gefällt mir!

Facebook: @Gmeiner.Verlag
Instagram: @gmeinerverlag

Besuchen Sie uns im Internet:
www.gmeiner-verlag.de

© 2025 – Gmeiner-Verlag GmbH
Im Ehnried 5, 88605 Meßkirch
Telefon 07575 / 2095-0
info@gmeiner-verlag.de
Alle Rechte vorbehalten
1. Auflage 2025

Lektorat: Claudia Senghaas, Kirchardt
Satz: Mirjam Hecht
Umschlaggestaltung: U.O.R.G. Lutz Eberle, Stuttgart
unter Verwendung eines Fotos von: © Przemyslaw Iciak / stock.adobe.com
Druck: CPI books GmbH, Leck
Printed in Germany
ISBN 978-3-8392-0837-3

Meinen lieben Eltern, Brunhilde und Johann,
in Dankbarkeit gewidmet.

1 HAM ZUA

Wenn ein Flugzeug landet und dabei ziemlich heftig am Boden aufkommt, nennt man das eine positive Landung. Lilli merkte erst jetzt beim Aufsetzen des Flugzeugs auf der Landebahn am Flughafen Graz, dass sie wohl eingeschlafen war. Kurz musste sie sich orientieren. Sie stand nicht, sie saß. Sie fuhr hoch, um gleich wieder erleichtert in den Sitz zurückzufallen. Sie hatte keine Uniform an. Sie war nicht *on duty*. Relax! Der Passagier neben ihr war etwas irritiert ob ihrer ruckartigen Bewegung. Kopfschüttelnd widmete er sich wieder seiner Zeitung.

Nach diesem kurzen Schock breitete sich in Lilli ein wunderbares Gefühl aus. Sie hatte Urlaub und war gerade am Weg in ihre geliebte Heimat, die Südsteiermark. Sie presste ihre Nase an die Scheibe und sah – nichts. Nur Nebel. Das muss für den, der das Flugzeug gelandet hatte, wohl nicht so einfach gewesen sein. Lilli wusste natürlich, dass es am Flughafen Graz keine Schläuche gab, durch die die Passagiere das Flugzeug betreten oder verlassen konnten. Andere wussten das offensichtlich nicht, denn sobald sie gelandet waren, hörte sie Sicherheitsgurte klicken und sah, wie einige Passagiere bereits aufsprangen und die *Overhead Compartments* öffneten. Die freundliche Ansage der Kollegin, die *on duty* war, die Passagiere mögen so lange angeschnallt sitzen bleiben, bis die Anschnallzeichen erloschen seien, war gerade zu Ende, da hatte das Flugzeug seine Parkposition bereits erreicht. Lilli ließ das Gedränge an sich vorbeiziehen, ging als letzte Passagierin von Bord und wechselte noch schnell ein paar Worte mit der Kollegin. »Schönen Urlaub und trink nicht zu viel Sturm!«, rief die ihr mit einem Augenzwinkern nach, als Lilli, noch immer im Nebel, die Treppe zum Bus hinunterstieg.

Lilli war darauf eingestellt, dass ihre Freundin Hilde noch nicht da war. Denn bei diesem Nebel war es nicht so einfach, sich auf den schmalen Straßen der Südsteirischen Weinstraße mit dem Auto sicher fortzubewegen. Ihre Freundin, die schon seit zwei Jahrzehnten in New York lebte, war wieder einmal auf längerem Heimatbesuch und hatte es sich nicht nehmen lassen, Lilli abzuholen. Doch kaum war Lilli am Vorplatz des Flughafens angekommen, hupte ein Auto wie wild. Hilde hatte sich mit ihrem Auto länger als erlaubt vor dem Ankunftsbereich des Flughafens aufgehalten und bedeutete ihr heftig gestikulierend, ihre Freundin möge sich doch etwas beeilen. Lilli hatte gerade noch die Möglichkeit, ihren Koffer ins Auto zu heben und einzusteigen, da brauste Hilde schon davon. »Welcome home!«, schickte Hilde einen Kuss in ihre Richtung.

Auf der Autobahn Richtung Spielfeld ließ sich nicht erahnen, was sich für malerische Weinberge im Grenzgebiet zu Slowenien und darüber hinaus ausbreiteten. Einen ersten Hinweis darauf, dass es sich lohnte, von der Autobahn abzufahren, bekam man, wenn der Blick zur Stadt Leibnitz frei wurde und sich das imposante Schloss Seggau hoch über der Bezirkshauptstadt präsentierte. Die beiden nahmen die nächste Ausfahrt von der Autobahn, um in Richtung Südsteirische Weinstraße zu fahren. Und sofort wurde der Blick von einem weiteren Gebäude angezogen, Schloss Ehrenhausen. Das thronte stolz, aber leider renovierungsbedürftig, hoch über dem malerischen gleichnamigen Ort.

»Bist du nun endlich wach und sagst mir, welche Pläne du für deinen Kurzurlaub hier hast?«, zeigte sich Hilde ungeduldig und voller Tatendrang.

Lilli gähnte laut: »Nicht wirklich, aber auf Kastanien und Sturm hätte ich schon mal Lust.«

»Ich habe mir natürlich schon einiges überlegt«, klang es aus Hildes Mund wie eine Drohung.

Doch Lilli hörte gar nicht mehr richtig zu. Der Nebel hatte sich zum Großteil gelichtet. Nur ein paar Nebelschwaden zogen noch langsam, wie inszeniert, vom Tal Richtung Himmel. Und was sich auftat, war eine Landschaft, die viele als die Steirische Toskana bezeichneten. Lilli mochte diese Bezeichnung gar nicht. Denn für sie war die Südsteiermark etwas Einzigartiges, etwas, das man mit nichts vergleichen konnte, selbst nicht mit einer so beeindruckenden Landschaft wie der Toskana. Die Laubwälder hatten bereits eine Herbstfärbung von Hellbraun über Gelb bis Gold und Rot. Die Weinlese war fast schon abgeschlossen. Nur noch vereinzelt sah sie Trauben in den Weingärten, die für die Spätlese vorgesehen waren. Der Himmel wurde immer blauer und strahlender und tauchte die Landschaft in einen frischen Glanz. Das war nur eine von vielen betörenden Stimmungen, die die Südsteiermark so einzigartig machten. Und gerade in der Herbstzeit zeigte sich diese Hügellandschaft von ihrer atemberaubendsten Seite und erzeugte je nach Licht und Nebellage Bilder von den Weingärten, Wiesen und Mischwäldern, die aussahen, als wären sie mit Weichzeichner und Farbfilter in Gemälde verwandelt worden. Je nachdem, in welche Richtung man blickte, war man immer wieder aufs Neue beeindruckt von den Silhouetten der unzähligen Hügel, Pappeln und Häuser. Als hätte jemand mit einem Fineliner den Horizont bewusst gezeichnet. Schaute man weiter Richtung Westen, wurde diese einzigartige Kulisse von der Koralpe und der Weinebene als Vorboten der Alpen perfekt ergänzt. Der Blick über diese Weiten war erhebend.

»Sag, hörst du mir überhaupt zu?«, fragte Hilde sie leicht irritiert.

»Sorry, ich war nur gerade bezaubert von dieser Augenweide, die sich da vor mir auftut. Habe ich schon lange nicht mehr erlebt.« Mit einem Ruck fuhren sie die Anfahrt zu Hildes geerbtem Weingut hinauf. Dass der Blick von dort oben weit über die Grenze hinein in die slowenische, noch sehr ursprüngliche Weingegend Gold wert war, war Hilde bewusst. Es sollte einmal ihr Alterssitz werden. Und da dachte sie nicht an Verkauf. Schließlich hatte ihre geliebte Oma ihr ganzes Leben hier verbracht.

»Also gekocht habe ich nichts«, lachte Hilde, die nicht gerne in der Küche stand. »Aber ein Glas Frizzante Rosé von unserem Pächter kann ich dir zur Begrüßung gerne aufwarten«, und ließ den Korken knallen.

»Gut, dass ich am Flughafen in Wien noch schnell ein Croissant verdrückt habe, sonst hätte ich gar keine Unterlage«, stieß Lilli mit Hilde an.

»Ach ja, da ist noch ein bisschen Quittenkäse von meiner Tante. Nimm, ist gar nicht so süß!«

Lilli liebte Quitten in allen Variationen, und hier in der Südsteiermark gediehen sie prächtig und wurden zu wahren Köstlichkeiten verarbeitet. Dass manche Menschen den eigenen, leicht herben und trotzdem süßen Geschmack der Quitte nicht mochten, verstand Lilli überhaupt nicht. Für sie war er eine Erinnerung an ihre Kindheit. Begeistert nahm sie sich ein paar kleine Stücke vom Butterbrotpapier, in das der Quittenkäse eingewickelt war.

»Mit Schlagobers schmeckt das auch vorzüglich, aber das hat bei mir leider nicht überlebt«, lachte Hilde.

Lilli fühlte sich wunderbar energetisiert und blickte vom Hof in Richtung Weingärten hinunter, die dieser einzigartigen Hügellandschaft die Struktur vorgaben. Reihe um Reihe hatten früher die Weinbauern, auch ihre Urgroßeltern, mühsam die zum Teil sehr steilen Hänge mit den Händen bearbeitet. Ein Gefühl von Ehrfurcht überkam sie. Ihr Blick wanderte wieder zurück Richtung Haus und blieb an einem weiteren kleinen Paradies hängen, dem Garten von Hildes Oma, ein echter südsteirischer Garten, wie er seit jeher an der Weinstraße kultiviert wurde. Hier durfte alles wachsen, was dazu Lust hatte: Dahlien und Astern eiferten mit ihren kraftvollen Farben um die Wette, die Zitronenmelisse wucherte vor sich hin, einzelne Beeren auf den Brombeerstauden verführten die Vögel, die sich diese Köstlichkeiten nicht entgehen ließen, und der Zierapfelbaum mit seinen kleinen, tiefroten Äpfeln war ein Hinweis, dass es mit der Ernte bald vorbei sein würde.

Plötzlich hörte Lilli ihre Freundin hupen. Sie hatte gar nicht bemerkt, dass Hilde schon längst ins Auto eingestiegen war. Sie ließ das Fenster runter: »Komm schon! Ich habe eine Überraschung für dich«, grinste Hilde verheißungsvoll.

2 A SCHENE LEICH

Als die beiden gemächlich in Ehrenhausen eintrudelten, hörten sie Kirchenglocken. Das war ein Klang aus Lillis Kindheits- und Jugendtagen, und dieses Geläute klang noch immer so majestätisch und himmlisch, wie sie das früher empfunden hatte. Sie spürte sogar dieselbe emotionale Ergriffenheit wie damals, als sie hier wohnte. »Wie spät ist es denn?«, fragte Hilde.

»Kurz nach 16 Uhr. Dann muss jemand gestorben sein«, stellte Lilli pragmatisch fest. Ein paar Leute standen vor der Kirche und schienen sich sehr angeregt zu unterhalten. Lilli erkannte ein paar Einheimische. Sie selbst schien niemandem aufzufallen.

Als sie im Ort am Kirchplatz angekommen waren, sahen sie, wie der Pfarrer einen Zettel an der Informationstafel anbrachte. »Warte noch kurz«, hielt Lilli Hilde zurück, die ihrer Freundin endlich die Überraschung zeigen wollte. »Ich würde gerne nachschauen, wer verstorben ist.« Doch kaum machte sie ein paar Schritte in Richtung Anzeigetafel vor dem Pfarrhaus, hörte sie jemanden rufen: »Na, so eine Überraschung, die Lilli ist auch wieder einmal da! Dich sieht man ja nur mehr selten in deiner alten Heimat. Wie geht es dir? Wie lange bleibst du? Und was macht das Fliegen?« Es war klar, dass sie irgendjemand erkannt haben musste: eine Kirchenchorsängerin, mit der Lilli in Jugendtagen in demselben Chor gesungen hatte. Bevor sie jedoch noch ansetzte, alle Fragen höflich zu beantworten, platzte es aus ihrer Bekannten heraus: »Hast du schon gehört, was gestern Nacht passiert ist?«

»Nein, ich bin erst heute Vormittag angekommen.«
»Die Mitzi ist gestern Nacht ums Leben gekommen.«
»Welche Mitzi?«
»Na, die Organistin.«
»Die Mitzi Muster?«
»Ja, genau die.«
»Und wie, wenn ich fragen darf?«
»Sie ist von der Brüstung des Chors runtergestürzt. Ich habe schon immer gesagt, dass das fahrlässig ist, dass es keine Sicherung gibt. Mich wundert, dass da nicht schon früher etwas passiert ist.«
»Oh, das ist ja furchtbar!«
»Wahrscheinlich ist ihr schwindlig geworden, der Armen! Sie war nicht mehr die Jüngste. Gott hab sie selig!«
»Wer hat sie denn gefunden?«
»Na, der Herr Pfarrer, der bei uns aushilft, weil unser eigener derzeit auf Urlaub ist. Heute Morgen. Er hat eh gleich die Rettung gerufen, aber die konnten nichts mehr machen.«
»Ich bin erschüttert!«, zeigte sich Lilli entsetzt. Seit Lilli denken konnte, hatte Mitzi Muster alle Messen mit der Orgel begleitet. Dass sie nun nicht mehr sein sollte, und noch dazu auf so tragische Weise ums

Leben gekommen war, stimmte Lilli sehr nachdenklich. Hilde kannte die Bevölkerung von Ehrenhausen und daher auch Mitzi Muster nicht wirklich. Sie stammte aus dem nächsten Ort Gamlitz, der eine eigene Kirche hatte, allerdings mittlerweile denselben Pfarrer. Es mussten schon vor ein paar Jahren wegen Pfarrermangel die Pfarrgemeinden Ehrenhausen, Gamlitz und Spielfeld zusammengelegt werden, die eben nun von demselben Pfarrer betreut wurden. Hilde versuchte, Lilli dazu zu bewegen, diesen traurigen Ort zu verlassen, um Abstand zu gewinnen: »Sie ist ja schließlich keine Verwandte von dir.«

»Nein, aber sie war quasi eine Institution meiner Kindheit. Ich bin zutiefst bestürzt. Da komme ich einmal in meine Heimat, und dann passiert ausgerechnet so etwas!« Hilde versuchte, ihre Freundin zu beruhigen. Mit mäßigem Erfolg.

»Lass uns jetzt zur Überraschung fahren«, drängte Hilde Lilli sanft.

»Na gut, wo soll es denn hingehen?«

»Ist gar nicht weit von hier. Ich freu mich schon auf dein Gesicht!« Hilde chauffierte ihren Land Rover von Ehrenhausen Richtung Berghausen. Und kurz vor Ortsende zweigte sie links Richtung *Weinhotel* ab. »Das *Weinhotel* kenne ich doch eh. Und was soll jetzt die Überraschung sein?«, fragte Lilli gelangweilt.

»Warte es ab!«, tat Hilde geheimnisvoll.

In der Lobby war einiges los. Hilde bat Lilli, in der Hotelbar Platz zu nehmen. Von dort hatte man einen atemberaubenden Blick auf die Südsteirische Weinstraße und Richtung Koralpe und Weinebene im Westen. Wolken in beeindruckenden Formationen türmten sich am Himmel, der in Gelb-, Orange- und Rosatönen andeutete, dass die Sonne im Untergehen war. Als wollten ihre Strahlen noch einmal vor Beginn der Dunkelheit mit dem Schauspiel klarmachen, wer am Himmel den Ton angab. »Was nimmst du?«, fragte Hilde noch immer aufgeregt wegen der bevorstehenden Überraschung.

»Eine Melange, ach ja, hier in der Steiermark heißt das einen Verlängerten mit Milch, bitte«, korrigierte Lilli sich selbst. Der Kellner lobte Lillis gastronomisches Wissen: »Sie müssen von hier sein. Das wissen nämlich die Auswärtigen nicht. Der Verlängerte ist ein Mokka mit heißem Wasser, wie der Name schon sagt, verlängert. Die Melange ist eine Wiener Spezialität mit warmer Milch und Milchschaumhaube.« Als der Kellner noch weiter ausholen wollte, stoppte Hilde ihn und fragte Lilli: »Kein Glas Wein? Okay, dann nehme ich einen Espresso.« Der Kellner setzte noch einmal kurz an, um unaufgefordert die Kaffeekunde weiter zu erklären, doch Hildes eindringlicher Blick ließ ihn abrupt verstummen. Kaum hatten sie die Bestellung aufgegeben, stand plötzlich Arthur vor ihnen.

»Das gibt es ja nicht! Ich dachte, du musst in New York hart arbeiten?«, fiel Lilli ihrem gemeinsamen Freund um den Hals.

»Ich habe ja wohl auch das Recht darauf, Urlaub zu machen, nicht wahr?«, entgegnete er ihr lachend, während die beiden sich stürmisch umarmten.

Hildes Überraschung war gelungen, und sie tat lautstark ihre Freude kund: »So schön, die besten Freunde auf einem Fleck! Herr Ober, Champagner!«

Es wurde ein langer Abend, aber ohne Champagner. Denn Arthur bestand auf einer Weinverkostung in der Vinothek. »Wenn wir schon in der Gegend mit den besten Weißweinen sind, wie du immer behauptest, liebste Hilde, dann möchte ich auch die besten kennenlernen.« Der Sommelier legte sich ins Zeug. Er begann mit einem für die Gegend typischen Wein, der jedoch in den letzten Jahren sehr stiefmütterlich behandelt, nun aber von einigen Winzern und Winzerinnen wieder, wie man so schön sagt, »gehypt« wurde, dem Welschriesling.

»Der erste Wein, den ich Ihnen präsentiere, ist ganz typisch für unsere Gegend. Alle wollen immer nur Weißburgunder oder Sauvignon Blanc. Der hier, der Welschriesling, ist unsere Leitsorte, ein ehrlicher Wein mit Charakter und Bodenständigkeit. Der erlebt gerade eine Renaissance. Vor allem die Jungen sind offen für Neues oder experimentieren mehr, auch mit alten Sorten«, klärte sie der Sommelier, selbst ganz begeistert, darüber auf.

Es folgten ein Weißburgunder, danach ein Sämling 88, dessen Rebsorte die Scheurebe ist, weiters ein Sauvignon Blanc und abschließend ein Morillon, wie der Chardonnay in der Südsteiermark genannt wird. Dass Arthur beim vorletzten und letzten überhaupt noch mitreden konnte, war wohl nur dem Umstand zu verdanken, dass Hilde Arthur immer wieder dazu ermahnte, dazwischen Brot zu essen und Wasser zu trinken. Und sie erinnerte ihn daran, dass er nicht jedes Degustierglas bis zum letzten Tropfen austrinken musste. Bei den ersten Gläsern bat er den Sommelier sogar nachzuschenken und erntete sowohl von Hilde als auch von Lilli böse Blicke. Immerhin schafften es Hilde und Arthur, Lilli von dem schrecklichen Unfall der Organistin abzulenken. Zumindest für diese paar Stunden. Nachdem sie Arthur ins Zimmer gebracht hatten, das er allein wohl nicht mehr so leicht gefunden hätte, beschlossen sie, dass es für sie besser war, das Auto beim Hotel zu belassen und mit dem Weingartentaxi zurück in Hildes Weingut zu fahren. Es war eine feuchtkalte Herbstnacht mit sternenklarem Himmel. »Schau, eine Sternschnuppe!«, bemerkte Lilli. Sie war jedoch zu müde, um sich etwas wünschen.

»Ich hätte da so einige Wünsche in petto«, murmelte Hilde, die nach dem Taxi Ausschau hielt.

In ihrem Zuhause heizte Hilde den alten Tischofen ein, eine Erfindung, die in Zeiten der Energiekrise nun gute Dienste tat. Das Feuer knisterte vor sich hin, und in der Küche wurde es immer behaglicher. Das Steinhaus war vor ein paar Jahren detailgetreu restauriert worden. »Gerne hätte sich ein Investor aus dem Ausland das Haus und die Weingärten unter den Nagel gerissen. Eines Tages stand plötzlich ein Rechtsanwalt mit einem Angebot vor der Tür und wurde bei meiner Oma vorstellig. Nur, was dieser nicht bedacht hatte: Sie war eine Bauernschlaue, die man nicht über den Tisch ziehen konnte. Zähneknirschend soll der Beauftragte das Anwesen wieder verlassen haben. Er war nicht der Einzige, der es versucht hat. Unsere Landschaft ist unser Kapital.« Jetzt klang Hilde wie eine von hier, obwohl sie schon seit Jahrzehnten in New York lebte. »Leider vergessen manche, dass man das auch bewahren muss und dass die Landschaft durch zu große Um- und Ausbauten, aber auch durch viele Neubauten, die zum Teil als Nobelherbergen teuer verkauft oder vermietet werden, leidet und verschandelt wird. Auch wenn die Summen, die über dem Marktpreis geboten werden, verlockend sein mögen. Dass sich die Einheimischen und ihre Nachkommen hier in ihrer Heimat selbst bald kein Grundstück mehr leisten können, ist längst kein Geheimnis mehr«, ereiferte sich Hilde weiter. Sie dachte sogar schon daran, eine Bürgerinitiative gegen den Ausverkauf ihrer einzigartigen Heimat zu gründen.

»Stell dir vor, ich lese gerade in den *Steiermark Nachrichten*, dass bei der Mitzi eine Obduktion angeordnet worden ist«, wunderte sich Lilli.

»Na ja, bei so einem Unfall, wenn niemand dabei war, ist das nichts Ungewöhnliches«, antwortete Hilde gähnend, während sie die Haustür abschloss. Sicherheitshalber hatte Lilli ihre dicksten Socken mitgebracht. Denn irgendwann ging auch ein Tischofen aus, und dann konnte es in diesen alten Gemäuern aus Stein ganz schön ungemütlich werden.

Das uralte Bett knarrte jedes Mal, wenn sie sich umdrehte. Lilli fiel es schwer einzuschlafen. Sie hatte den Jetlag von ihrem letzten Langstreckenflug noch nicht verdaut und wälzte sich hin und her. Leise schlich sie sich in die Küche, um sich am Ofen zu wärmen. Sie war sich gar nicht mehr so sicher, dass sie diesen Kurzurlaub in ihrer Heimat verbringen sollte. Irgendwie hatte sie schon vor der Anreise ein eigenartiges Gefühl gehabt. Andererseits war es fein, dass Hilde gerade aus New York da war. Und dass sich nun Arthur auch dazugesellte, stimmte sie wieder zufrieden. Doch dieser Todesfall ließ sie nicht los. Mitzi Muster kannte jeder. Sie gestaltete seit Jahrzehnten mit der Orgel jede Messe. Als die Pfarrersköchin vor ein paar Jahren verstorben war, zog sie in das Pfarrhaus ein. Der Pfarrer wohnte im nächsten Ort, in Gamlitz. Wenn jemand eine engagierte Einheimische war, dann war es Mitzi. Nicht nur die Gestaltung der Messen war ihr ein Anliegen. Sie engagierte sich auch in der Gemeinde, war lange Jahre Gemeinderätin und Leiterin des Kulturvereins. Mit ihr ist wieder ein Teil meiner Kindheit gestorben, dachte Lilli, die schon im Volksschulalter Mitglied des Kirchenchores in Ehrenhausen war. Viele Kirchenlieder und Messen hatten sie mit Mitzi einstudiert. Jeden Mittwochabend traf sich der Kirchenchor zur Probe. Das war ein Pflichttermin.

Plötzlich hörte Lilli ein Geräusch. Sie horchte auf und war sich nicht sicher: Kam es von draußen oder vom Flur? Sie schnappte sich den Schürhaken des Tischofens und schlich zur Tür. Kaum hatte sie sie mutig geöffnet, rannte ein weißes Wollknäuel in die Küche. Die Nachbarskatze hatte sich herein verirrt. Offensichtlich kannte sie sich gut in Hildes Haus aus, denn sie sprang zielsicher auf die Bank unweit des Tischofens und rollte sich in ihre Schlafposition zusammen. Lilli musste lachen. Sie war einfach zu schreckhaft.

Bewusst vorsichtig, um nur ja nicht Hilde aufzuwecken, kramte Lilli in ihrem Kurzstreckenkoffer nach Taschentüchern. Da fiel plötzlich ein kleines Büchlein aus einem Seitenfach. Lilli erschrak fast, da es sich dabei um ein Gebetsbüchlein handelte, das ihr niemand Geringerer als Mitzi Muster vor Jahren geschenkt hatte, bevor sich Lilli in die weite Welt aufmachte. Dieses Büchlein hatte sie immer bei sich, wenngleich sie es noch nicht oft verwendet hatte. Sie klappte die erste Seite auf: »Für Lilli, damit sie immer beschützt ist und uns nicht vergisst.« Fast kamen ihr die Tränen. Und auch ein wenig ein schlechtes Gewissen. Sie hätte sich bei Mitzi viel öfter melden müssen. Doch sie lebte nicht mehr hier und war sehr viel unterwegs. War sie einmal in Wien, ihrem mittlerweile langjährigen Zuhause, war sie froh, sich erholen zu können. Denn das Fliegen war anstrengend und forderte ihr mit zunehmendem Alter viel ab. Da stand Erholung – körperlich, seelisch und geistig – an erster Stelle.

3 ÜBERS BACHERL BIN I G'SPRUNGEN, ÜBERS WIESERL BIN I G'RENNT ...

Lilli bekam einen Lachanfall, als sie sich zum Frühstückstisch setzte. Sie konnte ihren Augen kaum trauen, als sie Sterz mit Grammeln und Kaffee serviert bekam.

»Das hast du gekocht?«

»Ja, wieso nicht?«, fragte Hilde fast empört zurück. »Sterz kochen habe ich von meiner lieben Oma gelernt. Das ist etwas Nahrhaftes und hält lange an. Die Weinbauern mussten sich in der Früh stärken, um für die harte Arbeit im Weingarten fit zu sein.«

»Und welche harte Arbeit haben wir heute vor?«

»Keine Ahnung, was da noch auf uns zukommt«, zwinkerte Hilde ihrer Freundin zu. Es schmeckte hervorragend. Alles hätte sie Hilde zugetraut, aber ein so traditionelles Gericht wie Sterz wäre ihr nicht in den Sinn gekommen.

»Wenn du die Grammeln weglässt und statt Schmalz Margarine nimmst, ist er vegan«, fügte sie so nebenbei hinzu. Ihre Freundin brachte sie immer wieder zum Staunen.

Mit Arthur hatte Hilde bereits ausgemacht, wandern zu gehen, natürlich auf einem offiziellen Wanderweg über die Südsteirische Weinstraße. »Nur wo beginnen und wo aufhören?«, wollte Lilli genau wissen. Hilde zückte eine Wanderkarte und erklärte, wo es hingehen sollte. In der Südsteiermark tat man gut daran, sich an die Wanderwege zu halten. Die Bauern und Grundstücksbesitzer schätzten es nicht, wenn man unbefugt über die Wiesen und Felder wanderte, wo es eben keinen offiziellen Wanderweg gab. Um unliebsame Begegnungen zu vermeiden, sollte man sich strikt an die als solche ausgewiesenen Wanderwege halten.

Nachbarschaftshilfe war in der Südsteiermark groß geschrieben. Netterweise nahm sie ein Nachbar mit nach Ehrenhausen und fuhr sie sogar bis zum Hotel, obwohl es für ihn ein Umweg war. Das Frühstück war dort noch im Gange. Arthur saß allein an einem Tisch direkt an der Glaswand Richtung Restaurantterrasse. Von dort hat man einen wunderbaren Blick auf das Schloss, das Mausoleum und das Georgi Schloss. Vor ihm türmten sich Köstlichkeiten aus der Südsteiermark: Vulcano-Schinken, Geselchtes, Ziegenkäse, Kastanienhonig, eine Eierspeise mit Kernöl, weißfleischige Weingartenpfirsiche, Leberstreichwurst, Verhackertes und selbst gebackenes Bauernbrot. »Wie spät ist es eigentlich?«, fragte Lilli mit einem gewissen Unterton.

»Das ist nicht einmal ein Achtel«, reagierte Arthur mit unschuldigem Augenaufschlag auf die Anspielung auf sein Glas Winzersekt. »Und das ist alles aus der Gegend«, betonte er.

Lilli und Hilde warteten schließlich geduldig in der Hotellobby auf Arthur, der sich noch frisch machen wollte. »Du, den da drüben mit der Glatze kenne ich. Nicht umdrehen!«, flüsterte Lilli ihrer Freundin zu.

Hilde hatte manchmal kein Gespür. »Der weiß doch nicht, dass wir über ihn sprechen. Wer ist das denn?«, flüsterte sie zurück. »Na, der Neuhold, der Weinbauer und Großgrundbesitzer, der alles zusammenkauft, was nicht niet- und nagelfest ist.«

»Bestimmt ist er hier, um Geschäfte zu machen. Mal sehen, wen er zum Kaffee trifft.« Es dauerte nicht lange, und tatsächlich gesellte sich ein Mann zu ihm.

»Und das ist der Prammer, seines Zeichens Architekt.«

»Dass du die alle noch kennst?«, wunderte sich Hilde.

»Nicht so laut«, zischte Lilli. Endlich erschien Arthur wieder, und sie machten sich auf den Weg. Gerade als sie sich Richtung Hotelausgang bewegten, hörten sie den Neuhold rufen: »Zwei Gläser Champagner auf meine Rechnung!«

»Mir blieb der Champagner gestern ja verwehrt, aber die haben wohl auch etwas zu feiern!«, bemerkte Hilde mit einem leicht vorwurfsvollen Ton.

Die Wanderung, die sich die drei vorgenommen hatten, hatte angenehmerweise ihren Ausgangspunkt in Ehrenhausen, sodass sie das Auto beim Hotel stehen lassen konnten. Vom Hotel gingen sie zunächst in den Ort vorbei am Friedhof, am Kindergarten, durch eine Siedlung Richtung Ottenberg. Hinauf auf den Berg, das steilste Stück der Wanderung bis zur Wielitschkapelle. Nach einer kurzen Zeit ging es links in die Landschaft hinein Richtung Weingarten von Lillis Urgroßmutter mütterlicherseits. Ein Stück weiter führte ein Weg auch in Weingärten, die einmal der Familie ihres Großvaters gehört hatten. Eigentlich wäre er der Erbe gewesen. Doch er hat aus Liebe zu Lillis Oma auf den Hof verzichtet, denn seine Familie war mit der Heirat nicht einverstanden. Das hatte Lilli unglaublich imponiert. Leider hat sie ihren Großvater mütterlicherseits nie kennengelernt, er fiel 14 Tage vor Ende des Zweiten Weltkriegs in Deutschland. Fast der gesamte Wanderweg führte entlang einer Straße. Es fuhren jedoch nur wenige Autos, und die Aussicht war durchgehend traumhaft. Auf der einen Seite blickte man Richtung Südsteirische Weinstraße, auf der anderen Seite Richtung Südoststeiermark und die Gleichenberger Kogel. Heute gab es eine besonders gute Fernsicht. Überall roch es nach Maische bei den Bauern, bei denen sie vorbeikamen. Von den Kastanienbäumen fielen die erntereifen Früchte herab und sprangen auf, wenn sie auf dem Boden aufschlugen.

»Schön langsam bekomme ich Hunger«, verlautbarte eine etwas grantige Hilde.

»Da vorne ist gleich ein netter Buschenschank!«, versuchte Lilli zu beruhigen. Tatsächlich, ein paar Meter weiter, bevor sie an die Grüne Grenze kamen, lag ein

Buschenschank mit traumhaftem Blick Richtung Platsch. Dort konnte man nicht nur hervorragende Weine verkosten, sondern auch einen Gin und fein schmausen. Allerdings nur Kaltes, da es eben bei einem Buschenschank laut Verordnung nichts Warmes geben durfte. Doch auch wenn nur kalte Leckerbissen serviert wurden, so schmeckten sie nicht minder köstlich. Als Dessert verspeisten die drei noch eine große Portion Spagatkrapfen. Das war eine typisch südsteirische Mehlspeise, die aus einem Backteig bestand, der auf einem leicht gebogenen Metallteil aufgetragen und anschließend mit einem Spagat umwickelt wurde. Dadurch erhielt er seine leicht gebogene Form mit dieser typischen gerippten Struktur. Darauf kam nicht wenig Staubzucker. Arthur war vor allem an der Gin-Verkostung interessiert, als er erfuhr, dass der Gin von diesem Buschenschank weltprämiert war und mit dem *World Spirits Award* ausgezeichnet worden war.

Oben an der Grünen Grenze, an der die Hälfte der Straßenseite auf der österreichischen und die andere Hälfte auf der slowenischen Seite verlief, war es möglich, vorbei an einem sehr ursprünglichen Buschenschank auf einem offiziellen Weg über Weingärten, Felder und in einen Wald zu wandern. Und dann ging es weiter über den Graßnitzberg und den Platsch nach Berghausen bis Ehrenhausen zurück. Alle drei genossen die satten herbstlichen Farben der Wälder, der Astern, Dahlien, Chrysanthemen und Erika in den Gärten, der Herbstzeitlosen auf den Wiesen und in den Wäldern und den beruhigenden Anblick der endlos scheinenden Weingärten. Immer wieder sahen sie jemanden beim Lesen. Hilde musste Arthur mehrmals darauf hinweisen, dass das Verkosten der Trauben in einem fremden Weingarten strengstens verboten war. Sie vertröstete ihn auf die Weintrauben in ihrem Weingarten, die er am Nachmittag genießen könne.

4 POST ONUS HONOS

Müde von der Wanderung fanden sich Lilli und Hilde wieder in der Hotellobby ein und warteten einmal mehr auf Arthur, dessen ständiges »Ich muss mich frisch machen« schon etwas auf die Nerven ging. »Sag, warum bist du plötzlich so bleich?«

»Die Mitzi wurde umgebracht«, konnte Lilli es nicht fassen.

»Das bedeutet, es hat sie jemand vom Chor runtergestoßen?«, sah Hilde sie entgeistert an.

Lilli sah von ihrem Mobiltelefon auf. »Die Obduktion hat ergeben, dass sie noch versucht hat, sich zu wehren, steht in den *Steiermark Nachrichten*.« Lilli sank in sich zusammen. Sie war fassungslos. Wer sollte so etwas getan haben? Mitzi war der liebste Mensch auf Erden. Angesehen, allzeit hilfsbereit, eine Seele von Mensch.

»Sag, hat es in der Vergangenheit irgendetwas gegeben?«, wagte Hilde es vorsichtig, mit ihrer Freundin Überlegungen anzustellen.

»Was meinst du?«

»Na, zum Beispiel einen Konflikt mit jemandem, irgendwelche Streitigkeiten, eventuell mit Nachbarn et cetera et cetera.«

»Nicht, dass ich wüsste. Ich bin in den letzten Jahren nur mehr sporadisch hier gewesen.«

»Und sie war nicht verheiratet?«

»Nein, sie hatte wohl mal einen festen Freund. Das ist aber sicher schon eine Ewigkeit her.«

»Und Verwandte?«

»Ja, irgendwo in der Oststeiermark. Sie ist als junge Frau hierhergezogen, um als Klavierlehrerin und Organistin zu arbeiten.«

»Was es alles gibt«, wunderte sich Arthur, der nach einer Erfrischung im Hotelzimmer zu ihnen gestoßen war und den letzten Teil des Gesprächs bereits neugierig verfolgt hatte.

»Sie wurde umgebracht«, stellte Hilde knapp fest, um Arthur in Kenntnis zu setzen.

»Wer?«

»Na, die Mitzi, von der wir dir heute erzählt haben.«

»Und von wem?«

»Da tappt die Polizei noch im Dunkeln.« Lilli fiel es schwer, einen klaren Gedanken zu fassen.

Der Abendhimmel war sternenklar. Es war merklich kälter geworden. Arthur hatte sich im Hotel eine Taschenlampe ausgeborgt. Daher war es für die drei Freunde leichter möglich, sich den Weg durch den Weingarten direkt vor dem Hotel bis in den Ort zu bahnen. Dort leuchteten ihnen die Straßenlaternen den Weg.

»Habt ihr Lust, zum Mausoleum raufzugehen?«, schlug Hilde plötzlich unternehmungslustig vor.

»Jetzt? Spätnachts? Wenn du unbedingt willst«, seufzte Lilli. Wenn man es sich antat, die steile Treppe zu diesem markanten Gebäude hinaufzugehen, wurde man mit einem wunderbaren Blick über die Marktgemeinde Ehrenhausen mit seinem historischen Ortskern belohnt und sah die malerischen Dächer der alten Häuser.

»Oberhalb des Portals des Mausoleums findet man das Wappen der Eggenberger, durch die das Schloss Ehrenhausen eine besondere Glanzzeit erfuhr. Arthur, würdest du so lieb sein und mal hin leuchten? Darunter befindet sich eine Inschrift: POST ONUS HONOS«, begann Hilde zu dozieren und musste plötzlich laut auflachen.

»Nanu, was erheitert dich denn so an dieser Grabstätte?«, fand Arthur Hildes Gelächter ein wenig unpassend.

»Latein war ja nie meine große Liebe, aber mir wurde soeben wieder bewusst, dass da tatsächlich steht: ›Nach der Last die Ehre‹, der Wahlspruch der Eggenberger. Also, diesen Spruch würde ich für mich abwandeln: ›Nach der Last das Vergnügen‹ würde mir besser entsprechen«, grinste Hilde. Als Arthur mit der Taschenlampe weiter nach oben leuchtete, erschraken alle drei. Sie blickten mitten in das Furcht einflößende Gesicht eines der beiden Riesen, die links und rechts vom Mausoleum standen und diese Grabstätte bewachen sollten. In das Innere des Grabmals kamen sie nicht, die Tür war verschlossen. »Oh, wie schade, ich hätte dir, lieber Arthur, gerne das Altarbild erklärt. Das ist nämlich besonders wertvoll und wurde vom österreichischen Barockmaler Hans Adam Weissenkircher gemalt«, erklärte Hilde, die während ihres Kunststudiums mit Führungen durch den Ort ihr Taschengeld verdient hatte.

Gerne wären sie zum Schloss spaziert, doch es war vom derzeitigen Besitzer nicht gewünscht, dass jemand seinen Grund betrat. »Egal, ich mache trotzdem mit euch eine Führung wie in meiner Studienzeit«, ließ sich Hilde nicht beirren, wandelte mit den beiden an der Grenze zwischen Mausoleum und Schloss auf und ab und rezitierte: »Das Schloss Ehrenhausen ist aus einer mittelalterlichen Burg erwachsen, deren Bestand erstmals in einer Urkunde aus dem Jahre 1240 bezeugt ist. Die Burg war ein Lehen des Klosters Sankt Paul in Kärnten, bevor es 1285 in die Hände der Herren von Pettau kam. Nach einer Lehensherrschaft der Grafen von Schaumberg wirkten die Freiherren beziehungsweise Reichsfürsten von Eggenberg von 1543 – 1717 in Ehrenhausen. Durch die Eggenberger hat das Schloss Ehrenhausen eine besondere Glanzzeit erfahren. Ruprecht von Eggenberg zum Beispiel war ein bedeutender Feldherr und Türkensieger. Der Erlös der Beute aus den Siegen über die Türken machte es ihm möglich, das Schloss Ehrenhausen in den Jahren 1600 – 1603 von italienischen Baumeistern umbauen zu lassen. Anlässlich dieses Umbaues wurden auch die schönen Arkaden, die den Schlosshof umgeben, hergestellt. In den Jahren 1609 – 1614 ließ Ruprecht anlässlich seines großen Triumphes über die Türken bei Sissek dieses repräsentative Mausoleum als letzte Ruhestätte für sich und männliche Familienmitglieder im Generals- oder Obristenrang errichten, sofern sie katholischen Glaubens seien«, deutete Hilde auf das markante Gebäude, das sich unweit vom Schloss befand. »Als Architekt gilt allgemein Johann Walter; es ist jedoch nicht klar, ob dieser nur als Baumeister die Bauleitung innehatte oder aber auch die Pläne dazu lieferte. Erst 1689 – 1691 erfolgte angeblich nach Entwürfen von Johann Bernhard Fischer von Erlach durch die in Graz ansässige Sereni-Werkstatt die Ausgestaltung des Inneren. Als Auftraggeber fungierte Johann Seyfried Fürst von Eggenberg, der jüngere Neffe Ruprechts. Das Altarbild zeigt den Heiligen Bischof Ruprecht und die Gottesmutter Maria zur Heiligen Dreifaltigkeit um den Sieg bei der Türkenschlacht 1593 zu Sissek flehend. Als der Mannesstamm der Ehrenhausener Linie der Eggenberger erloschen war, kam Ehrenhausen durch Verehelichung der weiblichen Nachkommen des Ehrenhausener Zweiges 1755 an die Familie Leslie und 1804 an die Familie Attems. Übrigens, falls du, lieber Arthur, gerade ein bisschen etwas in der Portokassa übrig hast, möglicherweise steht das Schloss nun zum Verkauf.«

Arthur lachte und fügte bewundernd hinzu: »Wie du dir das über all die Jahre gemerkt hast? Ich bin beeindruckt!«

»Na, so viele Jahre sind das nun auch wieder nicht, nicht wahr!«, sah sie ihn mit einem gespielt strafenden Blick an und fuhr fort. »Es gäbe noch viel mehr an Informationen aus der Vergangenheit, doch leider wurden sehr viele Quellen über die Ehrenhausener

Linie der Eggenberger und auch sonstige Ratsprotokolle, Rechnungen, Schirmbriefe et cetera eines Tages aus dem Archiv des Rathauses Ehrenhausen entfernt, auf Wagen verladen und an die Kaufleute als Einwickelpapier für ihre Waren verkauft. Leider konnte nur ein kleiner Teil gerettet und an das Steiermärkische Landesarchiv übergeben werden.« Lilli war ebenfalls perplex, was Hilde alles wusste. Der Weg nach unten zurück in den Ort war im wahrsten Sinne des Wortes ein Spaziergang im Vergleich zum steilen Aufstieg.

Arthur leuchtete ihnen den Weg, denn die Laternen, die den Weg säumten, halfen nur punktuell. Beinahe wäre Hilde auf den feuchten Blättern, die bereits von den Bäumen gefallen waren, ausgerutscht und konnte von Lilli noch rechtzeitig aufgefangen werden. »Arthur, wieso bist du schon …« Weiter kam Hilde nicht, denn Lilli deutete ihr, still zu sein. Arthur schaltete blitzartig seine Taschenlampe ab. Alle drei sahen plötzlich auf den letzten Metern Richtung Kriegerdenkmal, wo auch der Name von Lillis Opa zu lesen war, einen Lichtpunkt im obersten Stockwerk des Gemeindeamtes herumgeistern. »Da muss wohl jemand im Haus sein«, flüsterte Hilde den anderen beiden zu.

»Zu so später Stunde? Und warum schaltet derjenige oder diejenige nicht das Licht ein?«, wunderte sich Arthur.

»Vielleicht soll niemand etwas bemerken«, mutmaßte Lilli. Sie hörten, wie die Kirchturmuhr drei Mal schlug. In der Nacht, wenn es keinen Verkehr gab, war die

Kirchturmuhr am dominantesten. Für Lilli, die als Kind in der Dunkelheit immer große Angst hatte, war die Kirchturmuhr wie eine gute Freundin, eine Wächterin, deren Anschlagen Lilli immer vermittelte, dass sie über Ehrenhausen in der Nacht wachte, sodass alle ruhig schlafen konnten. »Bestimmt kommt die Person irgendwann wieder bei der Eingangstür raus«, flüsterte Hilde »Wollt ihr wirklich so lange warten?«, zeigte sich Arthur wenig begeistert und hatte Bedenken. »Was, wenn es sich bei der Person um einen Einbrecher handelt?«

»Was soll man schon im Gemeindeamt finden?«, konnte sich Hilde das nicht vorstellen. »Vielleicht sollten wir die Polizei verständigen?«, schlug Arthur vor.

»Okay, ich ruf die Polizei an!« Lilli wollte gerade lostippen, da hörten sie, wie eine Person in der Gemeinde die Treppe herunterlief, die Eingangstür öffnete und unmittelbar danach ins Schloss fallen ließ. Der nächtliche Eindringling sprang in einen wartenden schwarzen BMW, der sofort startete und mit quietschenden Reifen davonbrauste. »Wir sollten in der Gemeinde Bescheid geben, was wir beobachtet haben«, war sich Lilli sicher, und Hilde und Arthur gaben ihr mit einem unmissverständlichen Blick zu verstehen, wer das machen musste. Schließlich war Lilli von hier und kannte noch viele Einheimische.

Am nächsten Morgen war das Gemeindeamt in Aufruhr. Jemand hatte sich im Archiv zu schaffen gemacht und eine Riesenunordnung hinterlassen. »Das dauert

Tage, wenn nicht Wochen, bis wir in das erst fertiggestellte Archiv wieder Ordnung hineinbringen«, war die Gemeindebedienstete entrüstet.

Ein Polizist klärte sie auf: »Es wurde, so wie es aussieht, mit einem Dietrich die Tür geöffnet. Beschädigt wurde sie nicht, aber das Schloss ist ramponiert.«

»Was das wieder kostet!«

Der Polizist setzte mit seiner Befragung fort: »Was könnte denn die Person gesucht haben? Fehlt Geld oder irgendetwas anderes Wertvolles? Ja, bitte?«, bemerkte er plötzlich Lilli. »Stehen Sie schon lange da?«

»Nein, nein, ich warte erst seit zwei oder drei Minuten. Ich hätte eine Beobachtung zu melden.«

»Wer sind Sie, wenn ich fragen darf?«

»Lilli Palz mein Name. Ich bin hier aufgewachsen und lebe jetzt in Wien. Ich bin auf Heimatbesuch.«

»Haben Sie einen Ausweis?«

»Ja, klar.«

»Den Pass hätte ich gar nicht gebraucht. Der Führerschein hätte gereicht«, schaute sie der Polizist erwartungsvoll an. »Also, worum geht es?« Lilli erklärte kurz und auf den Punkt gebracht, was sie mit ihren Freunden beobachtet hatte.

»Und war die Person männlich oder weiblich?«

»Das haben wir leider nicht gesehen.«

»Und die Person im Auto?«

»Haben wir leider auch nicht gesehen.«

»Na großartig, das sind ja nicht wirklich hilfreiche Hinweise.«

»Das Auto war ein schwarzer BMW.«

»Kennzeichen?«

»Tut mir leid, bei der Geschwindigkeit ...«, weiter kam Lilli nicht.

»Was glauben Sie, wie viele hier in der Südsteiermark einen schwarzen BMW fahren. Er kann also auch aus dem Ausland sein.« Lilli verabschiedete sich höflich. Hätte sie nur nicht ihren Mund aufgemacht. Das hatte sie jetzt davon. Völlig lächerlich gemacht hatte sie sich. Mit so wenig Wissen hätte sie gar nicht erst in der Gemeinde vorstellig zu werden brauchen. Sie war frustriert.

Als sie vor dem Emmabrunnen stand, der zwischen Gemeindeamt und Kirche einen prominenten Platz einnahm, schaute sie Richtung Pfarramt und sah, wie jemand, den sie kannte, hineinging. Als sie dieser Frau folgte und sie begrüßen wollte, fiel ihr beinahe die Tür auf die Nase. »Heute ist geschlossen.« Als sie sich kurz umdrehte, erkannte die Frau sie: »Oh, die Lilli, ganz wer Seltener.« Und sogleich flossen ihr die Tränen herunter. Lilli kannte das nur zu Genüge. Sie war immer wieder Ventil für andere. Vielleicht lag es an ihrer empathischen Art, dass sich Menschen gerne bei ihr öffneten. Das passierte ihr auch regelmäßig im Flugzeug. Sowohl Mitarbeitende als auch Passagiere erzählten ihr ganze Lebensgeschichten. Und auf der Langstrecke konnten das ganz schön lange Geschichten werden.

Anni, die sie ebenfalls seit ihrer Kindheit kannte, bot Lilli einen Kaffee und selbst gemachten Striezel an. Der erinnerte Lilli an Allerheiligen, wo in der Südsteiermark ein sogenannter Allerheiligenstriezel aus Germteig gegessen wurde. Gerne wurde er in den Familien auch selbst gebacken. Ob mit oder lieber ohne Rosinen war eine eigene Philosophie. Lilli genoss den köstlichen Striezel, während ihr Anni ihr Herz ausschüttete. Da sie sich nicht fangen konnte, nahm Lilli sie in den Arm. »Anni, jetzt beruhige dich! Darf ich dir eine Frage stellen?«

»Ja, sicher, schieß los!«

»Weißt du, ob Maria Feinde hatte?«

»Na, die Maria doch nicht. Die war eine Seele von Mensch! Die hat sich immer um alle gekümmert.«

»Hatte sie in letzter Zeit vielleicht Ärger mit jemandem?«

»Also ich weiß von nichts. Sie war doch so ein gütiger und fleißiger Mensch! Sie hat bei jeder Messe die Orgel gespielt. Und sie war im Kulturverein engagiert. Bei allen Festen hat sie mitgeholfen und mitorganisiert. Glaub mir, sie war bei allen beliebt. Wer kann so etwas Schreckliches tun? Und noch dazu an so einem heiligen Ort. Die müssen den Mörder ausfindig machen, weil sonst mach ich mich auf die Suche. Das sind wir der Maria schuldig für all das, was sie für die Gemeinde getan hat.«

Lilli wurde etwas mulmig zumute bei dem Gedanken, dass sich die fast 80-jährige Anni auf Mördersuche begab. »Na, lass das mal lieber die Polizei machen. Niemand weiß, wozu diese Person noch fähig ist.« Anni schaute sie entsetzt an. Schließlich half ihr Lilli, überall im Pfarramt die Fenster zu schließen und die Lichter abzudrehen. Plötzlich läutete irgendwo ein Mobiltelefon. »Lilli, kannst du bitte mal rangehen? Ich bin oben im ersten Stock und kann nicht so schnell runter. Das Handy liegt auf der Kücheninsel. Ist vom Pfarramt.«

Lilli schaffte es gerade noch, den Anruf entgegenzunehmen: »Bei Pfarramt Ehrenhausen. Mein Name ist Lilli Palz. Was kann ich für Sie tun?« Lilli schnappte sich einen Kugelschreiber und ein Stück Papier aus dem Sekretariat und notierte pflichtbewusst, was ihr aufgetragen wurde. Anni war nun auch vom ersten Stock zurück und legte den Zettel zur To-do-Liste für den nächsten Tag. »Ich geh noch schnell rüber zur Kirche und schließe ab.«

»Sag, wo soll ich das Handy hinlegen?«

»Das lässt du am besten im Sekretariat liegen, damit der Herr Pfarrer es morgen gleich findet.«

»Wem gehört das Handy eigentlich?

»Dem Pfarramt, aber am meisten hat Mitzi damit telefoniert, obwohl sie ein eigenes besitzt.« Sie stockte kurz: »Ich meine, besessen hat.« Und schon wieder füllten sich Annis Augen mit Tränen.

Lilli wunderte sich, dass das Mobiltelefon vom Pfarramt nicht von der Polizei konfisziert worden war. »Ist heute keine Abendmesse?«

»Nein, nein, die Kirche ist von der Polizei versiegelt. Die Spurensicherung hat noch einige Arbeiten zu erledigen.« Und schon wieder rannen Anni die Tränen über das Gesicht: »Jetzt kann die Begräbnisfeier womöglich nicht einmal in ihrer Kirche, für die sie so viel getan hat, stattfinden.« Schluchzend verließ sie das Pfarramt.

Lilli musste einen weiteren Anruf entgegennehmen. Und dann tat sie etwas, was sie natürlich sonst niemals tun würde: Sie scrollte durch die Anrufliste. Eine Nummer tauchte in den letzten Tagen auffällig oft auf. Sie kritzelte die Zahlen rasch auf einen Zettel und hoffte, dass Anni nichts bemerkte. Denn die lief gerade in diesem Moment am Fenster des Sekretariats vorbei. Lilli zog ihr Pokerface auf, wie sie es auch oft an Bord einsetzte, wenn es eine Situation erforderte. Nur nichts anmerken lassen. Sie begleitete Anni noch ein Stück vom Pfarramt weg Richtung Gemeinde, bis sich ihre Wege trennten. Da sah sie die Lichter von Hildes Auto sie anblinken.

»Musstest du lange warten?«

»Na, was heißt! Ich habe inzwischen sämtliche Podcasts angehört. Ich glaube, zwischendrin bin ich sogar einmal eingeschlafen. Aber du, ganz etwas anderes: Arthur hat noch Lust, raus auf die Weinstraße zu fahren.«

»Na, dann nehmen wir ihn mit.«

»Aber ich kann ihn dann nicht mehr nach Hause bringen, denn ich würde auch gerne einen Sturm trinken. Ist es okay, wenn er bei uns übernachtet, wenngleich meine Bleibe nicht so luxuriös und stylish ist wie das *Weinhotel*?«

»Also wenn das Weingut deiner Familie nicht stylish ist, dann weiß ich nicht. So ursprünglich und unverschandelt wie dieses Steinhaus ist! Das hat Stil. Im Gegensatz zu so manchen Riesengebäuden aus Beton, Stahl und Glas, deren Stil schwer zu definieren ist und die in unserer wunderschönen Landschaft einfach nichts verloren haben.« Lilli konnte sehr emotional werden, wenn es um das Erhalten der Natur und dieses Erbes ging.

Der beheizte Pool des *Weinhotels* sah gespenstisch aus, und Lilli musste an *The Canterville Ghost* denken. Plötzlich tauchte zwischen den Nebelschwaden ein Kopf auf. Die beiden erschraken kurz, weil sie nicht damit gerechnet hatten, dass da jemand im Wasser war. Und auch die Person im Pool zeigte sich überrascht: »Warum habt ihr mich nicht angerufen?«, rief ihnen ein verdutzter Arthur zu.

»Haben wir, doch wahrscheinlich warst du da schon am Weg ins warme Nass«, wehrte sich Hilde scharf gegen seinen Vorwurf. Auf einmal wirbelte das Wasser auf, als würde sich ein Walross seinen Weg durch den Pool bahnen. Arthur konnte gerade noch an den Rand ausweichen.

»Entweder sieht der nichts oder er ist ein Egoist«, verschluckte er sich fast am aufgewühlten Wellengang.

»Ich glaube, Letzteres«, verdrehte Hilde die Augen. Arthur beschloss aufgrund dieses asozialen Verhaltens, die Pooltreppe draußen hochzusteigen und von außen wieder in den Spa-Bereich zu gelangen. »Wir sehen uns in zehn Minuten in der Hotellobby«, raunte er ihnen zähneklappernd zu.

»Nimm etwas zum Übernachten mit. Ich bringe dich heute sicher nicht mehr nach Ehrenhausen.« Arthur nahm Hildes Aufforderung etwas überrascht zur Kenntnis. Noch bevor er widersprechen konnte, erzählte sie ihm, dass sie am Abend Kastanien braten würden und

Sturm auch schon bereitstünde. Da konnte Arthur nicht widerstehen.

Im Restaurant war das Abendessen voll im Gang. In der Hotelbar hingegen war es etwas ruhiger. Arthur schien länger zu brauchen als ausgemacht. Daher setzten sich Lilli und Hilde ins Freie auf die Außenterrasse der Hotelbar, die sich gleich neben dem Hoteleingang befand. Lilli drehte sich um und hielt nach Arthur Ausschau. »Da ist er schon wieder!«, raunte sie Hilde zu.
»Wer?«, entfuhr es Hilde eine Spur zu laut.
»Na, der Prammer, der Architekt!«, rollte Lilli die Augen.
»Das ist doch auch der, der Arthur im Pool fast gerammt hätte«, wurde Hilde in dem Moment bewusst. Der Architekt schien fluchtartig den Spa-Bereich verlassen zu haben, denn seine Haare waren noch nass. Er versuchte, sie mit einem Handtuch vom Hotel trockenzureiben, während er schnurstracks in Richtung Parkplatz weiterging und in sein Handy schrie: »Bist du wahnsinnig?« Dann merkte er, dass er etwas zu laut redete, und drehte sich um, ob ihn wohl eh niemand gehört hatte. Hilde, die sich weiter in seine Richtung vorgetastet hatte, um zu hören, was er am Telefon sagte, setzte sich blitzartig wieder an den Tisch neben Lilli und tat so, als würde sie schon ewig dort sitzen. Lilli musste sich zurückhalten, um nicht laut aufzulachen. Sollte diese Szene jemand beobachtet haben, musste sie ziemlich slapstickmäßig ausgesehen haben. Schließlich stieg der Prammer in sein Auto und brauste davon.

5 GSCHREAMS ÜBER DIE WIESN

Der Himmel Richtung Westen war in ein weiches Rosaorange getaucht. Auffallend hell strahlte der Abendstern. Wie eine Kulisse schmiegten sich die Weinberge, die Pappeln und Häuser auf den Kämmen an das Firmament. Auf der Stiege vor dem Eingang zu ihrem Steinhaus hatte Hilde verschiedene Kürbislotter mit angezündeten Kerzen dekorativ in Szene gesetzt. Bis zu Halloween waren es zwar noch einige Wochen, doch für Lilli hatten diese ausgehöhlten Kürbisgesichter immer etwas Gespenstisches. »Seit wann kannst du Kastanien braten?«, wunderte sich Lilli und war fasziniert, wie Hilde die Metallpfanne auf dem lodernden Feuer hin und her schwenkte.

»Na, seit meiner Jugend natürlich. In New York habe ich das nicht gelernt«, grinste Hilde.

»Wie so etwas Einfaches so köstlich schmecken kann«, zeigte sich Arthur hellauf begeistert und konnte gar nicht genug davon bekommen.

»Pass auf, dass du nicht Bauchschmerzen bekommst. Zu viele davon können auch schwer im Magen liegen«, ermahnte ihn Hilde mit erhobenem Zeigefinger. Arthur ließ sich nicht belehren und griff beherzt zu. Im Herbst gab es überall an der Südsteirischen Weinstraße Kastanienverkäufer, manche kamen über die Grenze aus Slowenien. Dass der Sturm eine fantastische Ergänzung war, wussten die Menschen hier seit Jahrhunderten.

Hilde hatte gerade die letzten Kastanien fertiggebraten, da sahen sie die Lichter von einem Auto die Straße Richtung Bauernhaus fahren, das auf einem Weinhügel in unmittelbarer Nähe von Hildes Anwesen thronte. »Komisch, da muss sich jemand verirrt haben«, überlegte sie laut.

»Wie kommst du da drauf?«, wollte Arthur es genau wissen.

»Da wohnt schon seit einem Jahr niemand mehr. Die alte Frau Marko ist nämlich vor circa einem Jahr verstorben, mit fast 100.«

»Und wer hat das Ganze geerbt?«, wollte nun Lilli wissen.

»Das weiß ich nicht so genau. Sie hatte nämlich keine Kinder. Ihr Mann ist im Krieg gefallen.«

»Und mit fast 100 hat sie noch immer dort gewohnt?«, wunderte sich Arthur.

»Sie wollte auf gar keinen Fall den Hof verlassen. Dort hat sie ihr ganzes Leben verbracht.«

»Deine Oma hat sie bestimmt gekannt«, fragte Lilli interessiert nach.

»Klar. Sie haben sich auch immer wieder getroffen. In den letzten Jahren, wie meine Oma noch gelebt hat, sind die Treffen seltener geworden. Aber telefoniert haben sie oft miteinander.« Sie sahen alle drei Richtung Weingut und wie das Auto die Serpentine hochfuhr. Hilde ließ das keine Ruhe. »Ich würde allzu gerne wissen, wer da hochfährt und was derjenige dort zu suchen hat. Los, wir gehen einfach hin.« Lilli und Arthur hatten keine Möglichkeit, sich Hildes Aufruf zu widersetzen. Sie schnappten sich ihre Jacken und liefen los.

»Mist!« Arthur kramte in seinen Jackentaschen herum.

»Was ist, Arthur?«

»Ich habe meine Taschenlampe aus dem Hotel nicht mit.«

Hilde war froh darüber: »Besser so. Es soll uns eh niemand bemerken.« Der sternenhelle Himmel leuchtete ihnen den Weg. Hin und wieder stolperte jemand von ihnen. Arthur leuchtete schließlich mit der etwas matten Taschenlampe seines Mobiltelefons, damit das nicht wieder passierte.

»Psst!«, deutete ihnen Hilde, in Deckung zu gehen. Die Person, die mit dem Auto hochgefahren war, hatte eine Taschenlampe bei sich, mit der sie sich nun im Haus bewegte. Sie duckten sich in eine Weingartenzeile, um nur ja nicht gesehen zu werden. Schließlich wagten es Lilli und Hilde, sich bis zum Haus zu schleichen und einen Blick durch ein Fenster zu werfen. Arthur stand im Weingarten Schmiere, bereit, ihnen beim Rückzug mit der Handy-Taschenlampe zu leuchten. Gerade als die beiden sich trauten, die eine von links, die andere von rechts, vorsichtig in das Zimmer zu schauen, ging das Licht in der Stube an. Die beiden duckten sich schnell unter das Fensterbrett, um kurz darauf ihre Hälse wieder weiter nach oben zu strecken. In der Stube befand sich ein Mann um die 50, der einen riesigen Plan auf dem Tisch ausbreitete und anfing, diesen sehr konzentriert zu studieren. Lilli stach ein alter Kachelofen ins Auge. So einen hätte sie auch gerne, gerade in Zeiten wie diesen. In einem Eck war ein Kruzifix zu sehen, davor stand ein Palmbuschen. So vertrocknet, wie der aussah, musste er von Ostern vor ein paar Jahren gewesen sein. »Alles klar, ich weiß, wer das ist«, raunte Hilde Lilli zu. Dann drehten sie sich schleunigst um und kehrten zu Arthur zurück, der schon leicht fröstelte. Wenngleich die Temperaturen in der Südsteiermark tagsüber im September noch richtig sommerlich sein konnten, bis weit in den Oktober hinein, so konnte das Thermometer in der Nacht auf wenige Grade über null fallen.

»Kommt, wir gehen besser wieder«, deutete Hilde ihnen den Weg Richtung ihres Zuhauses. Als sie jedoch leise dabei waren, sich aus der Gefahrenzone zu bringen und sich auf den Heimweg zu machen, flog direkt vor ihnen ein Fasan laut krächzend hoch und steuerte in Richtung Wald. Der Mann drinnen im Haus wurde offensichtlich darauf aufmerksam. Denn kurz darauf hörten sie Laufschritte. »Hinlegen!«, zischte ihnen Hilde im Befehlston zu. So kauerten sie sich in einer Weingartenzeile direkt an die Rebstöcke, um nur ja nicht gesehen zu werden. Der Mann stürzte nach draußen und leuchtete mit der Taschenlampe über den Hof und den Weingarten. Alle drei hielten den Atem an. Schließlich lief er zurück ins Haus, und die drei Freunde konnten aufstehen und rannten schnurstracks zu Hildes Steinhaus zurück.

»Das ist der Neffe von Frau Marko.«

»Sag, Hilde, kennst du ihn persönlich?«, fragte Arthur sie, während er die letzten Kastanien schälte.

»Nicht wirklich. Ist etwas älter als ich.«

»Der hat also das Weingut geerbt«, war sich Lilli nun sicher.

»Bestimmt nicht das ganze, denn er hat auch eine Schwester, die ich seit der Jugend nicht mehr gesehen habe, weil sie schon gleich nach der Matura ins Ausland ist. Der gehört wahrscheinlich die Hälfte. Die hat sich aber nie um die alte Frau Marko gekümmert, soweit ich informiert bin. Frau Marko hat immer nur von ihrem Neffen gesprochen. Ich glaube, die Nichte hatte mit ihr nicht wirklich viel Kontakt.«

»Konntest du erkennen, was auf dem Plan zu sehen war?«, wollte Arthur wissen, als seine beiden Freundinnen ihm davon erzählten.

»Nur, dass es sich um einen Bauplan gehandelt hat, leider mehr nicht«, antwortete Hilde mit frustrierter Miene.

»Glaubst du, Hilde, dass das Weingut umgebaut wird?«, äußerte Lilli ihre Bedenken.

»Keine Ahnung. Und wenn, dann frage ich mich, wozu? Ich kann mir kaum vorstellen, dass der Neffe oder seine Schwester hier wohnen werden. Schließlich arbeitet er, soweit ich weiß, in Graz, und wo die Nichte jetzt lebt, weiß ich nicht. Das ist mein letzter Stand. But who knows?«

Arthur war nicht gerade begeistert, sein Hotelzimmerbett gegen Hildes Notbett tauschen zu müssen. Doch was tat man nicht alles für seine besten Freundinnen. »Und was ist, wenn sie etwas gewusst hat, was niemand hätte wissen sollen?«, entfuhr es Lilli wie aus dem Nichts. »Darf ich fragen, von wem hier die Rede ist? Oder habe ich soeben etwas verpasst?«, schaute Arthur die beiden fragend an.

»Lilli spricht von der Organistin, die umgebracht worden ist. Lilli, kannst du auch einmal abschalten?«, gähnte Hilde den Satz zu Ende.

»Aber was um Himmels willen soll sie denn gewusst haben, was sie den Tod gekostet hat?«, schaute Arthur sie ratlos an.

»Vielleicht etwas, das nicht an die Öffentlichkeit gelangen hätte sollen. Sie kannte Gott und die Welt. Aber, das muss man auch klar sagen, sie war definitiv keine Tratschn«, stellte Lilli klar.

»Du meinst also wirklich, weil sie etwas wusste, musste sie sterben?«, fand Hilde Lillis Vermutung befremdlich.

»Eine gewagte These«, quittierte Arthur Lillis Theorie kurz und prägnant. Auf einmal hörten sie Hilde leise schnarchen. Gerne hätte Lilli mit Arthur ihre Theorie weiter diskutiert. Schließlich konnte sie einschlafen mit der Hoffnung, nicht auch im Traum davon verfolgt zu werden.

Nach einer unruhigen Nacht setzte sich Lilli am nächsten Morgen nachdenklich zum Tisch, an dem Arthur bereits Hildes leckeres Frühstück genoss. Mitten in die Morgenstille hinein begann Hilde das Gespräch mit den Worten: »Wir müssen uns mehr in ihrem Umfeld umhören.« Arthur verkutzte sich beinahe und schaute seine beiden Freundinnen wieder einmal fragend an. »Millionenfrage: Na, von wem, glaubst du, spreche ich jetzt?«, erwiderte Hilde seinen Blick. Arthur tat so, als würde er Hildes freche Frage ignorieren, und ließ sich die Eierspeise mit Kernöl, eine typische Spezialität aus der Südsteiermark, weiterhin schmecken.

Lilli hatte keinen großen Appetit. Sie stocherte in ihrer Eierspeise herum und beschloss: »Also, ich mache mich jetzt auf die Suche nach dem Mörder. Ihr könnt es halten, wie ihr wollt. Das bin ich der Mitzi schuldig.« Flugs stand sie auf und packte ihre Sachen.

»Wo willst du hin?« Hilde verstand die Welt nicht mehr.

»Ich quartiere mich in einer Pension im Ort ein, um näher am Geschehen zu sein.«

»Aber das kannst du mir doch nicht antun! Wir hatten noch so viele nette Dinge geplant«, war Hilde außer sich.

»Sorry, aber das lässt mir keine Ruhe«, stellte Lilli knapp fest.

Hilde überlegte kurz, schaute Lilli mit ihren glasklaren, betörend grünen Augen an und gab folgende Erklärung ab: »Jetzt sage ich dir mal was. Ich werde doch meine beste Freundin in so einer Situation nicht im Stich lassen. Ich packe ebenfalls, und wir quartieren uns gemeinsam irgendwo ein. Mitgefangen, mitgehangen!« Es war klar, dass es sich für Hilde nicht um eine Pension handeln sollte, sondern *auch* um das *Weinhotel*. Davon war Arthur wieder nicht sehr begeistert, denn er wollte den Urlaub genießen. »Schau nicht so sauer, Arthur. Du wirst uns kaum zu Gesicht bekommen. So können Lilli und ich wenigstens das Praktische, die Suche nach dem Mörder, mit etwas Angenehmem, dem Wellbeing im Hotel, verbinden«, heischte Hilde mit einem breiten schelmischen Grinsen Arthurs Zustimmung.

Die Fahrt nach Ehrenhausen war wieder einmal eine Zitterpartie, eine Fahrt auf Sicht, da der Nebel dicht und hartnäckig darauf warten ließ, sich zu lichten. Für Hilde, die in New York nicht oft mit dem Auto unterwegs war, war das eine Herausforderung. Lilli saß angespannt daneben und versuchte hoch konzentriert mitzufahren, um Hilde zu unterstützen. Nur Arthur schien sich davon nicht beeindrucken zu lassen und schlief auf der Rückbank wie ein Baby.

In Ehrenhausen angekommen, fragten sie im Hotel nach, ob noch ein Zimmer frei wäre. Sie hatten Glück, denn am Vortag hatte gerade jemand eine Buchung storniert. Denn sonst war das Hotel komplett voll, es war ja Hochsaison. Zu beziehen war das Zimmer aber erst am Nachmittag. Arthur schaute auf die Uhr: »Oh, erst kurz vor 10 Uhr. Meine Damen, dann empfehle ich mich.« Und bevor Lilli und Hilde noch etwas entgegnen konnten, war Arthur schon im Getümmel des Frühstücksbuffets verschwunden.

»Gut, den können wir fürs Erste vergessen. Auf in die Kirche«, gab sich Hilde wild entschlossen.

»Aber Hilde, was willst du dort?«

»Bestimmt ist die Kirche jetzt wieder für die Öffentlichkeit zugänglich. Wir machen nach der Kripo nun unsere Spurensuche«, gab Hilde den Takt vor, wobei ihre Augen vor Eifer funkelten. Lilli hätte nicht gewusst, wo sie beginnen sollen. Der Besuch des Tatorts schien auch ihr nun der logische erste Schritt ihrer Ermittlungen. Obwohl sie dabei ein mulmiges Gefühl hatte.

Immer, wenn Lilli diese Kirche betrat, war sie erfüllt von vielen Erinnerungen. Der Aufgang zum Chor war von der Kripo noch versiegelt. Der Mittelgang mit dem alten Teppich präsentierte sich so, als wäre nichts passiert. Wo Mitzi wohl gelegen war? Lilli spürte, wie ihr die Tränen hochschossen. Hilde war gleich zur Stelle und umarmte sie herzlich: »Wer immer sie auf dem Gewissen hat, den kriegen wir«, und drückte ihr ein Taschentuch in die Hand. Langsam schritten sie den Mittelgang entlang bis zum Altar. Dort setzten sie sich in die erste Reihe. Lilli begann automatisch zu beten, so wie sie es von klein auf gewohnt war. Manchmal, wenn sie sich irgendwo auf der Welt einsam fühlte oder sich mit einem Problem herumschlug, sprach sie auch ein paar Gebete vor dem Einschlafen. Jetzt galten ihre Gebete ganz der Mitzi. In der Kirche war es mucksmäuschenstill. Niemand sonst war anwesend. Selbst Hilde, die sonst immer ihren Mund offen hatte, war von dieser Stille eingenommen. Auf einmal, mitten in der Kontemplation, hörten sie einen lauten Krach, als würde irgendetwas umgefallen oder heruntergefallen sein. Reflexartig drehten sich die beiden um, konnten aber niemanden sehen. Sie waren sich nicht sicher, aus welcher Richtung dieses laute Geräusch kam. Denn aufgrund des wunderbaren Resonanzraumes hallte der Schall nach und erfüllte die gesamte Kirche. »Irgendwie spooky«, raunte Hilde Lilli hinzu. Sie beschlossen, die Kirche zu verlassen, und waren frustriert, dass sie die Orgelempore nicht besichtigen konnten. Als sie den Mittelgang zurückgingen, bemerkte Hilde: »Da liegen auch zwei Eggenberger begraben: Hans Christoph und Bartholomae von Eggenberg, wie man auf einer Inschrift auf dem Doppelgrabmal lesen kann. Hans Christoph ...« Hilde kam nicht mehr dazu, weiter über die Eggenberger zu dozieren, da ihr Lillis Blick eindeutig klar machte, dass jetzt wohl nicht der richtige Zeitpunkt dafür war.

Als sie auf den Platz vor der Kirche traten, tummelten sich einige Leute vor dem Kastanienstand. »Da ist er schon wieder, der Neuhold – der verfolgt uns«, wunderte sich Lilli genervt. Lautstark unterhielt er die ganze Runde.

»Als ob das die anderen interessiert!«, mokierte sich Hilde über die Geschichten, die er von sich gab. Da die beiden Lust auf Kastanien hatten, stellten sie sich in der Reihe vor dem Kastanienbrater an. »Der muss sich so aufspielen, sonst ist er es nicht«, bemerkte Hilde in ihrer trockenen Art und wunderte sich: »Hat der nichts zu arbeiten? Den sieht man überall, nur nicht im Weingarten.«

»Hat er nicht nötig. Der lässt arbeiten.«

Irgendwann stieg er in sein Auto, das er mitten auf dem Kirchplatz geparkt hatte. »Eh, klar, ein schwarzer BMW«, zwinkerte Hilde Lilli zu.

Und Lilli ergänzte: »In der Südsteiermark fahren wirklich viele einen schwarzen BMW.«

»Wie kommst du jetzt zu dieser Erkenntnis?«

»Das hat der Polizist gesagt, dem ich unsere nächtliche Beobachtung im Gemeindeamt erzählt habe.«

»Aha, verstehe«, konnte Hilde mit dieser Aussage nicht viel anfangen und griff nach einer weiteren gebratenen Kastanie. Plötzlich klingelte Hildes Mobiltelefon. »Ja, okay, keep cool, wo genau? Bleib ruhig und höflich. Wir kommen gleich.«

»Was ist los?«

»Arthur hat sich verirrt.«

»Oje. Wo genau?«

»Er war wandern und hat sich auf die slowenische Seite verirrt. Dort hat ihn die Grenzpolizei aufgegriffen. Jetzt benötigt er seinen Pass, der im Hotelzimmer liegt, und bittet uns, ihn aus seiner misslichen Lage zu befreien.«

»Das hätten wir ihm sagen müssen, dass er zumindest einen Personalausweis braucht, wenn er über die Grenze geht. Jetzt muss er auch noch eine Strafe zahlen, weil er keinen Ausweis dabeihat«, zeigte sich Lilli mitfühlend.

»Er hat nicht bemerkt, dass er sich schon über der Grenze befand. Er konnte nicht einmal mehr die Himmelsrichtungen bestimmen.«

Lilli und Hilde fuhren so rasch wie möglich zum Hotel, organisierten aus dem Hotelzimmer seinen Pass und rauschten mit Vollgas auf die Weinstraße. Arthur war sichtlich zerknirscht und kleinlaut, was bei ihm eher selten vorkam. Die Grenzpolizisten schauten die ganze Zeit über grimmig drein, so wie es halt einfach zu ihrer Tätigkeit dazugehörte. Sie kontrollierten Arthurs Reisepass und die Ausweise seiner beiden Freundinnen, fragten, was er denn in der Südsteiermark zu tun hätte und warum er hier gelandet war. Abschließend kassierten sie die obligatorische Strafe und ließen ihn dann gemeinsam mit Lilli und Hilde auf die österreichische Seite zurückfahren. »Ja, das hat früher sehr unangenehm geendet, wenn sich jemand wegen zu viel Sturm und/oder Wein beim Austreten auf die slowenische Seite verirrt hat. Meist fand dann die Übernachtung im Gefängnis statt, manchmal sogar mehrere Nächte«, stocherte Hilde mit Genuss in Arthurs Wunde herum.

»Vielleicht sollten wir uns mal im Archiv umsehen«, warf Hilde ihren beiden Freunden in der Bar des Weinhotels wie aus dem Nichts zu. Lilli schaute sie nur fragend an, während Arthur in sich gekehrt seine Wunden leckte. »Wir könnten ja schauen, woran die Mitzi gearbeitet hat. Es könnte ein Zusammenhang zwischen ihrem Tod und dem ominösen nächtlichen Besuch im Gemeindeamt bestehen«, führte sie ihre Überlegungen weiter aus.

»Wieso kommst du gerade jetzt darauf?«, war Arthur fast etwas beeindruckt.

»Offensichtlich hat mein Gehirn in der momentanen entspannten Stimmung begonnen zu kombinieren, ohne dass ich das bewusst vorhatte. Passiert mir immer wieder, wenn ich nach Lösungen suche. Ich lege dann das Problem bewusst zur Seite, und meistens kommt dann eine Lösung, wenn ich mich entspanne – in der Dusche, beim Joggen, beim Kochen oder beim …«

Lilli stoppte sie abrupt. »Wir können uns schon denken, wobei noch.«

Arthur, der aus dem Sinnieren über seinen Grenzgang aufgetaucht war, hatte gerade noch den letzten Satzteil aufgeschnappt. »Das Letzte habe ich nicht ganz mitgekriegt. Wobei noch?«

Lilli versetzte ihm einen kleinen Rempler und kam zurück auf Hildes Idee: »Und wer soll uns ins Archiv reinlassen, einfach so?«

»Lass mich nur machen. Oder besser gesagt, du wirst machen«, gab sich Hilde kryptisch.

6 AM JUCHEE DES GEMEINDEAMTES

Extrem freundlich, wie sie es sonst von den Behörden in Wien nicht gewohnt war, wurde Lilli im Gemeindeamt kurz nach 8 Uhr begrüßt. Dieses Amt verwaltete die vier Gemeinden Ehrenhausen, Berghausen, Ratsch und Retznei. Doch schon kurz nach ihr öffnete sich die Tür und dann gleich noch einmal, bis hinter ihr eine kleine Schlange entstand. Als sie sich umdrehte, sah sie Hilde und Arthur ganz am Ende der Reihe. »Bitte, was kann ich für Sie tun?«

»Um ehrlich zu sein, weiß ich gar nicht, ob ich bei Ihnen richtig bin.«

»Na, erzählen Sie mal, worum es geht. Vielleicht kann ich Ihnen doch helfen«, hakte die Gemeindebedienstete freundlich nach.

»Ich suche nach Wanderkarten für die Gegend.«

»Oh, da muss ich jetzt nachschauen, ob ich etwas lagernd habe. Die haben meist unsere Tourismusbetriebe vor Ort. Haben Sie schon auf dem Ständer im Foyer nachgesehen?«

Lilli drehte sich um, aber nicht wegen der Wanderkarten, sondern um zu sehen, ob ihre beiden Freunde noch da waren. Die waren bereits weg. »Nein, das habe ich noch nicht gemacht.« Als die Gemeindebedienstete Anstalten machte, hinter ihrem Plexiglas aufzustehen und sie zum Ständer zu begleiten, wehrte Lilli ganz entschieden ab, sogar ein wenig zu forsch. Vor allem das »Nein« war eine Nuance zu heftig. Lilli hatte fast den Eindruck, die Gemeindebedienstete würde stutzig werden. »Das ist wirklich äußerst freundlich von Ihnen, aber das kann ich schon selbst machen. Sie haben eh genug zu tun«, und deutete auf die hinter ihr immer länger werdende Schlange. Lilli atmete innerlich auf, als die Gemeindebedienstete diese Antwort gelten ließ und sich freundlich um das Anliegen des Nächsten in der Reihe kümmerte.

Da alle in der Schlange darauf fokussiert waren dranzukommen, konnte Lilli unbemerkt ihren Freunden in den letzten Stock des Gemeindeamtes folgen. Eine kleine Hürde gab es noch. Im Bauamt arbeitete die Schwester einer lieben Freundin von Lilli. Die durfte sie auf keinen Fall sehen. Am besten den Kragen hochstellen und in Windeseile vorbei an der Glastür. Uff, geschafft.

Die Polizei hatte die Spuren schon gesichert, denn das Archiv war zum Glück nicht mehr versiegelt, auch nicht versperrt. Hilde und Arthur waren schon am Werk. »Jede Menge Zeitungsartikel über Ehrenhausen. Das muss eine Wahnsinnsarbeit sein, das alles durchzuackern«, wunderte sich Arthur.

»Und so viel Material über die Eggenberger, das Schloss und das Mausoleum«, zeigte sich Hilde begeistert. Einige Schränke sahen durchwühlt aus.

»Und da hat die Organistin ehrenamtlich gearbeitet?«, konnte Arthur diesen Altruismus nicht glauben.

»Ja, vieles wird hier ehrenamtlich gemacht, zum Beispiel manche Ehrenhausener und Ehrenhausenerinnen singen in ihrer Freizeit im Kirchenchor bei Messen, Hochzeiten, Begräbnissen et cetera. Andere arbeiten freiwillig bei den Festen und Veranstaltungen mit, manche spielen in der Blaskapelle, und, auch ganz wichtig, selbst die Feuerwehrleute bekommen nichts für ihren oft lebensgefährlichen Einsatz!« Lilli kam aus dem Schwärmen gar nicht mehr heraus. Arthur schaute sie beeindruckt an.

»Bevor du fragst: ›Warum?‹, kann ich dir nur sagen: Offensichtlich sind das alles Tätigkeiten, die für die Leute Sinn machen, und das genügt ihnen«, beantwortete Lilli Arthurs nonverbale Frage.

»Ja, das mag ein Grund sein. Ein anderer ist das gesellige Beisammensein und das Gefühl dazuzugehören. Und nicht zu vergessen ein dritter, dass die Menschen hier sehr sozial sind. Sie machen gerne etwas für die anderen und helfen denen, die es brauchen«, fügte Hilde, stolz auf die Menschen ihrer Heimat, hinzu. Arthur war beeindruckt.

»Wie sollen wir in dieser Masse an Material irgendeinen Hinweis finden?«, fragte Hilde trocken bis verzweifelt.

»Wir müssen strategisch vorgehen«, verblüffte sie Arthur, der offensichtlich begann, zumindest etwas Gefallen daran zu finden, dem Mörder auf die Spur zu kommen. Er brachte ihr Vorhaben wie für einen

Projektplan klar auf den Punkt: »Zum einen wollen wir herausfinden, woran Mitzi in letzter Zeit gearbeitet hat, zum anderen, wonach die Person von letzter Nacht wohl gesucht hat.«

Kurz bevor sie sich ans Werk machen wollten, hörten sie ein Rascheln draußen vor der Tür. Da machte jemand Anstalten, in das Archiv zu kommen. Entgeistert schauten sie sich gegenseitig an. Was sollten sie jetzt sagen? Hilde schnappte sich von Mitzis Schreibtisch die Visitenkarte eines Historikers, der hier anscheinend in dem Archiv mitarbeitete. »Wir tun jetzt so, als hätten wir einen Termin mit diesem Historiker, nur ist er leider nicht gekommen«, flüsterte Hilde ihnen zu. Kaum hatte sie fertiggesprochen, bewegte sich ganz langsam die Türschnalle wie in Zeitlupe nach unten. Alle drei starrten gebannt darauf und konzentrierten sich in böser Erwartung.
»Oh, Entschuldigung! Ich wusste nicht, dass da jemand arbeitet.« Die Putzfrau, bepackt mit Putzmitteln, Besen und Schaufel, schaute sie entschuldigend an und machte sofort Anstalten, den Raum zu verlassen: »Ich komme später. Schönen Tag noch.«

Die drei Freunde atmeten auf und machten sich sogleich wieder an die Arbeit. »Also, ich kann nichts Auffälliges finden. Vielleicht sollten wir mit dem Historiker sprechen.« Hilde ließ sich frustriert auf einen Sessel fallen und streckte ihre Beine von sich. »Seht mal, was da auf dem Boden liegt!«

»Da liegt viel herum. Und das siehst du erst jetzt?«, verstand Arthur die Aussage seiner Freundin nicht.

»Nein, ich meine das da«, deutete Hilde auf ein Blatt unter dem langen Tisch. Sie bückte sich und holte es mit einem Stöhnen hervor. »Da ist eine Zeichnung drauf.«

»Da hat jemand einen Klapotetz gezeichnet«, erkannte Lilli es sofort.

»Mit Feder und Tusche«, ergänzte Hilde fachkundig.

»Was ist bitteschön ein Klapotetz?«, schaute Arthur sie fragend an.

»Das ist eine Vogelscheuche, die aussieht wie ein Windrad.« Hilde setzte gerade an, noch weitere Erklärungen folgen zu lassen, da unterbrach Lilli sie: »Das muss aber ein sehr altes Stück sein, so vergilbt, wie das Papier ist.«

Und Arthur bemerkte: »Es sieht auch so aus, als wäre es irgendwo herausgerissen worden.«

»Wo das wohl hineingehört?«, schaute sich Lilli fragend um, und alle drei brachen in lautes Gelächter aus, weil es in dem chaotischen Zustand des Archivs eine Mammutaufgabe wäre, das herauszufinden. Zu laut, denn kurz darauf öffnete sich die Tür. »Darf ich fragen, was Sie hier zu suchen haben?« Eine Mitarbeiterin hatte sie offensichtlich lachen gehört und sah nun im Archiv nach, was da los war. »Soweit ich weiß, sind Sie keine Archivmitarbeiter, stimmt's?«, fragte sie die drei Freunde sehr bestimmt, fast etwas ungehalten.

»Ja, das ist richtig. Wir hatten jedoch einen Termin um 8 Uhr mit dem Historiker, der in diesem Archiv mitarbeitet. Leider ist er nicht gekommen«, sagte Hilde so ernsthaft und unverblümt, dass man ihr einfach glauben musste.

»Und der hat hier im Archiv einen Termin ausgemacht, obwohl hier vor zwei Tagen eingebrochen wurde?«, ließ die Mitarbeiterin Zweifel aufkommen.

»Na ja, so schlimm sieht es auch wieder nicht aus«, entgegnete Lilli und fügte mit ernster Miene hinzu: »Schließlich geht es um meine Familiengeschichte, die hier dokumentiert ist. Ich lebe seit einigen Jahrzehnten in Wien und bin jetzt sozusagen auf Heimaturlaub.«

»Darf ich fragen, wie Sie heißen?«

»Palz, Lilli Palz.«

»Ah, okay, der Name sagt mir etwas. Aber ich muss Ihnen sagen, dass ich überrascht bin, dass Herr Schmid, unser Historiker, einen Termin hier vor Ort mit Ihnen ausgemacht hat. Wie dem auch sei. Soll ich anrufen, wo er bleibt?« Lilli und Hilde riefen zeitgleich ein »Nein, danke!«, was fast ein wenig auffällig rüberkam. Die Mitarbeiterin musterte die drei kurz und verabschiedete sich etwas befremdet, aber höflich von ihnen und zog von dannen.

Beim Rausgehen aus dem Rathaus kamen sie am Büro dieser Mitarbeiterin vorbei. Durch die Glastür sahen sie, dass sie mit dem Rücken zum Fenster telefonierte und ziemlich aufgeregt gestikulierte. Die drei Freunde bemerkte sie gar nicht. Lilli stutzte kurz, als sie »Marion Marko« auf der Wandtafel vor ihrem Büro las. Vor dem Rathaus schnauften sie erleichtert durch. »Schade, dass wir unterbrochen wurden, wir hätten bestimmt wichtige Hinweise gefunden«, war sich Lilli sicher.

»Zumindest habe ich das hier mitgehen lassen«, präsentierte Hilde stolz das vergilbte Stück Papier mit dem Klapotetz drauf.

»Und wie soll uns das helfen?«, wollte Arthur wissen.

»Kann ich noch nicht sagen, aber wer weiß?«, war Hilde sichtlich stolz auf ihren Fund.

»Kann es sein, dass diese Mitarbeiterin mit deiner Frau Marko verwandt ist?«, ließ Arthurs Frage Lilli aufhorchen.

»Wie kommst du darauf?«

»Marko stand als ihr Familienname auf dem Namensschild vor ihrem Büro.«

»In dieser Gegend gibt es viele Marko, verwandt und nicht verwandt«, machte Hilde dem Kombinieren ihrer beiden Freunde sofort ein Ende.

»Was, wenn ich fragen darf, machen wir nun mit diesem angebrochenen Tag?«, wurde Arthur etwas ungeduldig und beantwortete seine Frage gleich selbst: »Also, ich würde sagen, dass wir erst mal im Pool untertauchen und im Spa-Bereich relaxen.« Lilli war auf Entspannung nicht eingestellt und hätte sich am liebsten gleich weiter auf Spurensuche begeben. Wie im Film *Und täglich grüßt das Murmeltier* saßen Lilli und Hilde in der Hotellobby und warteten auf Arthur, diesmal im Bademantel. Lilli schlenderte herum und versuchte, sich abzulenken. Auf einem Board waren für die Gäste kleine

Kärtchen mit Werbung für die Weinbauern, Buschenschenken und Restaurants in der Region zum Mitnehmen aufgehängt. Lilli schaute durch, welche sie von früher kannte. An einem Kärtchen blieb ihr Blick hängen. Den Namen dieses Weinbauern kannte sie zwar nicht, allerdings stach ihr das Logo sofort ins Auge. »Hilde, wo hast du den Zettel?«

»Welchen Zettel denn?«

»Na, den du von der Gemeinde mitgenommen hast, mit dem handgezeichneten Klapotetz drauf.«

»Im Zimmer natürlich, genauer gesagt im Safe. Wieso fragst du?«

»Schau dir diese Werbung an. Was fällt dir auf?«

»Ist die Werbung für einen Weinbauern?«

»Ja, und was noch?«

»Oh, jetzt weiß ich, was du meinst.«

»Kennst du diesen Weinbauern?«

»Ja, sicher. Der hat den Weingarten von der alten Frau Marko gepachtet, da sie selbst das Weingut nicht mehr bewirtschaften hat können.«

»Wieso hat der als Logo denselben handgezeichneten Klapotetz wie auf unserem Zettel?«

»Ich habe keine Ahnung.«

»Du, dein Handy läutet.« Hilde nahm ihr Mobiltelefon aus der Seitentasche ihres Bademantels. »Arthur wundert sich, wo wir bleiben. Er relaxt bereits im Spa-Bereich. Das ist mal wieder typisch Arthur. Nicht zuhören und sich dann wundern, wo wir bleiben«, verdrehte Hilde die Augen. Lilli suchte in ihrer Geldtasche nach der Zimmerschlüsselkarte, die gleichzeitig die Zutrittskarte zum Spa-Bereich war. Dabei bemerkte sie einen Zettel, den sie komplett vergessen hatte. Darauf stand die Mobiltelefonnummer, die in den Tagen vor Mitzis Tod mehrmals auf der Anrufliste des Mobiltelefons des Pfarramts zu sehen war. »Und das zeigst du mir erst jetzt?«, war Hilde empört.

»Ist in den Aufregungen der letzten Tage völlig untergegangen.«

»Gib her, ich ruf da sofort an.« Hilde war nicht mehr zu stoppen. Sie ließ lange läuten. Dann ging der Anrufbeantworter an. Hilde blieb der Mund offen, und sie legte schnell wieder auf. »Das ist die Nummer vom Neffen der Frau Marko.«

7 NA SERVAS ODER DIE BOCKERLFRASS BEKOMMEN

Als sie um die Ecke bogen, sahen sie im Nachbarsweingarten der alten Frau Marko, dass gerade gelesen wurde. Besser gesagt, sie hörten zunächst nur die Lesehelfer, die alle slowenisch sprachen, was Lilli und Hilde allerdings nicht verstanden. So nah an der Grenze verbrachten sie ihre Kindheit und Jugend und sie konnten nur »Dober dan.« Die Lesehelfer jedoch konnten alle Deutsch und grüßten sie freundlich. Am oberen Ende des Weingartens stand ein Tisch, auf dem jemand gerade das Essen für die Arbeiter aufdeckte. »Hallo, Josef! Hab dich von hinten gar nicht gleich erkannt!« Hilde stapfte auf den Mann zu.

»Na, so was! Die Hilde ist auch wieder einmal aus Übersee da. Wie lang bleibst du denn diesmal?«

»Ich bin schon drei Wochen hier. Aber in ein paar Tagen muss ich zurück. Du weißt, zu lange ist nicht gut. Denn dann habe ich wieder meine Probleme mit dem Eingewöhnen in New York.«

»Wollt ihr was trinken? Ich kann euch nur Wasser anbieten oder Apfelsaft. Bei der Lese wird bei mir nichts Alkoholisches getrunken.«

»Nein, danke. Wir müssen eh gleich weiter.«

»Lass dich halt mal anschauen, bevor du wieder wegfliegst.«

»Mache ich. Seit dem letzten Mal hat sich hier einiges verändert.«

»Das kann man wohl sagen«, antwortete Josef knapp.

»Jetzt ist die alte Frau Marko auch nicht mehr.«

»So ist es«, antwortete er schmallippig.

»Wird jetzt der Neffe ins Haus einziehen?«

»Das weiß ich nicht und das interessiert mich auch nicht, was der Herr Neffe zu tun gedenkt.« Der Ton von Josef wurde schärfer.

»Ui, Josef, das klingt aber nicht sehr freundlich.«

»Nein, zu dem bin ich auch nicht freundlich, ganz im Gegenteil. Aber das ist eine lange Geschichte.«

»Na, dann wollen wir dich nicht länger aufhalten.«

»Noch eine schöne Zeit in deiner Heimat.«

»Bis bald, Josef.«

»Was dem wohl über die Leber gelaufen ist? So angefressen kenn ich den gar nicht«, wunderte sich Hilde. »Aber das werden wir schon noch herausfinden«, klang sie wild entschlossen. »Natürlich ist es nichts Besonderes, dass der Neffe von der Frau Marko mit dem Pfarramt telefoniert. Die hatten schließlich den Todesfall«, gab Arthur zu bedenken. »Aber das war vor fast einem Jahr. Was soll er da noch mit dem Pfarramt so intensiv zu besprechen haben?«, konterte Lilli.

Zurück im Hotel ließ sich Arthur zu einer E-Bike-Tour überreden, was nur dem Umstand geschuldet war, dass es sich eben um eine »E«-Bike-Tour handelte. »Sag, bist du schon einmal mit einem E-Bike gefahren?«, erkundigte sich Lilli bei Arthur, der nun in voller Montur vor ihr stand.

»Eigentlich nicht, aber ich werde es schon schaffen.« Lilli schaute Hilde fragend an. Diese verdrehte nur die Augen und schwang sich aufs Rad. »Und wohin fahren wir?«, fragte Arthur unternehmungslustig.

»Ich hab eine Tour zusammengestellt, die ihr jedoch erst im Laufe des Nachmittags erfahren werdet«, tat Hilde geheimnisvoll.

»Also eine Fahrt ins Blaue?«, brachte es Lilli auf den Punkt.

»Nicht ganz, mehr eine Schnitzeljagd für Junggebliebene.«

»Wie Schnitzeljagd?«, wollte Lilli mehr wissen.

»Mich interessiert eher, was du mit Junggebliebene meinst?«, empörte sich Arthur.

»Bei jeder Station, die wir anradeln, ist ein Hinweis versteckt, wohin es weitergeht«, machte Hilde ihre beiden Freunde noch neugieriger.

»Echt jetzt?« Arthurs Augen begannen zu leuchten.

»Ich weiß, Arthur, ab jetzt radelt das Kind in dir«, musste Hilde lachen.

»Und wo ist der erste Hinweis?«, war Arthur ganz aufgeregt.

»An der Rezeption«, deutete Hilde in Richtung Hotel.

»Ich hole ihn!« So schnell konnten Lilli und Hilde gar nicht schauen, sprang Arthur von seinem E-Bike, rannte in das Hotel, damit Lilli nur ja keine Chance hatte. Das Personal an der Rezeption sah etwas verdutzt drein, als Arthur keuchend fragte, ob denn eine Nachricht für ihn da sei. Kaum hatte er den Brief in Händen, riss er ihn gleich auf. »*Willst du sein ein sportlicher Held, dann suche auf mit dem Rad das märchenhafte Schloss ...* Wir fahren zum Schloss Spielfeld!«, schrie Arthur ihnen entgegen, als er das Hotel mit wehenden Fahnen verließ. Die Gäste, die gerade das Hotel betraten, drehten sich etwas verwundert nach ihm um. Und es ging los.

»Sollen wir die Tour entlang der Mur nehmen oder fahren wir über Berghausen?«, fragte Hilde Lilli, die nicht mehr Einheimische, aber Ortskundige.

Diese wusste genau, wo es langgehen sollte: »Ich zeige euch einen ruhigen Weg über den Rosenberg.« Das erste Stück ging es steil den Berg Richtung Berghausen hinauf. Mit den E-Bikes für die drei kein Problem. Selbst Arthur, der es sonst eher mit Churchill hielt – no sports – schien das Radeln Spaß zu machen. Anstatt weiter Richtung Platsch zu fahren, nahmen sie nun die Abzweigung auf den Rosenberg, auf dem sich nur wenige Häuser befanden. Dafür gab es dort aber viel Gegend. Weingärten, Laubwälder, Äcker und Streuobstwiesen wechselten sich in sanfter Weise ab. Hier war man fern vom pulsierenden Tourismus, der sich hauptsächlich auf der Südsteirischen Weinstraße von Berghausen über den Platsch und Graßnitzberg bis Gamlitz und weiter nach Leutschach abspielte. »Arthur, übernimm dich nur nicht! Wir haben mehrere Stopps anzuradeln!«, warnte Hilde ihn, da sie bemerkte, wie er sich ins Zeug legte. Es war herrlich warm, der blaue Himmel war wolkenlos. Auf der Lichte am Rosenberg angekommen, stiegen sie vom Rad. Da stand ein Kreuz, bei dem Lilli kurz stehen bleiben wollte, um ein Gebet für Mitzi zu sprechen. Irgendjemand musste sich um dieses Kreuz kümmern. Denn wann immer Lilli hier vorbeikam, waren frische Blumen da und Kerzen angezündet. Dieser Moment berührte sie. »Was für ein Anblick! Das ist richtig idyllisch!«, schrie Arthur mitten in diese Stille hinein. Er hatte recht. Von dort oben hatte man einen fantastischen Blick auf das Renaissanceschloss Spielfeld, das einzige Schloss in Mitteleuropa mit vier Kreuzgängen. Daneben auf einer Anhöhe die kleine, anmutige Pfarrkirche von Spielfeld und daneben die Volksschule. Sie schwangen sich wieder auf die Räder. Jetzt ging es nur mehr bergab. Lilli wusste, wie steil es war, Arthur natürlich nicht. Dass er bei seinem Tempo am Fischteich, der sich am Ende der Straße Richtung Schloss befand, noch einkriegen und bremsen konnte, war fast ein Wunder. »Der – auf gut Südsteirisch – dastesst sich noch«, rief Hilde Lilli zu. Sie waren froh, Schloss Spielfeld heil erreicht zu haben.

»Hier ist es ja wie im Märchen. Wohnt da noch jemand?«, war Arthur entzückt.

»Ja, schon. Früher konnte man einfach so den Schlosshof betreten. Das ist jetzt leider nicht mehr möglich. Man kann das Schloss für Hochzeiten und andere Festivitäten mieten«, klärte Hilde Arthur auf. »Für eine Führung muss man sich anmelden. Apropos Führung: Teile des Schlosses stammen aus dem 14. Jahrhundert.

Und im 16. Jahrhundert wurden der gesamte Dachstuhl und das oberste Stockwerk zerstört«, ließ es sich Hilde nicht nehmen, ihr Wissen auch bei diesem historischen Gebäude kundzutun. Lilli und Arthur schmunzelten sich gegenseitig zu.

»Und wo ist jetzt der nächste Hinweis?«, konnte es Arthur nicht mehr erwarten. Hilde deutete ihnen, sich umzudrehen. Als sie ihnen erlaubte, sich wieder ihr zuzuwenden, entdeckte Arthur sofort das Kuvert, das wie aus dem Nichts an dem dornröschenartigen Schlosseingang steckte. »Ich sag's ja, das ist ein Zauberschloss«, zwinkerte Arthur Hilde zu. In Windeseile riss er das Kuvert auf. »*Das war bis hierher schon ein ganz schöner Hatsch, aber noch intensiver und steiler geht es jetzt auf den ...*« Da Arthur nicht ortskundig war, hatte er überhaupt keine Idee. »Lilli, mein Joker, was sagst du?«

»Na auf den Platsch!«

Sie fuhren weiter über eine Landstraße hinter dem Schloss, durch ein Weingut bis hinauf auf den Platsch, wo Lilli ihren beiden Freunden einen der schönsten Ausblicke auf der Südsteirischen Weinstraße zeigen wollte. Ganz oben am Kamm konnte man auf beiden Seiten der Straße einen atemberaubenden Blick genießen: auf der einen Seite in Richtung Koralpe im Westen und nach Norden in Richtung Grazer Becken und auf der anderen nach Osten hin in Richtung Sankt Veit mit seiner ebenfalls beeindruckenden Barockkirche und weiter zur Riegersburg und den Gleichenberger Kogeln. Bei diesen guten Sichtverhältnissen konnte man nach

Osten hin sogar bis in die Pannonische Tiefebene blicken. Lillis Freunde waren begeistert. »Ich hätte meine Kamera mitnehmen sollen«, ärgerte sich Arthur. »Da weiß man gar nicht, wo man zuerst hinschauen soll, links oder rechts.« Sie genossen eine Weile dieses fantastische Panorama. Arthur wollte unbedingt irgendwo einkehren und sich erfrischen. Die Radtour forderte ihn sehr. Und so kehrten sie in einem alteingesessenen Weingut ein, genossen eine Brettljause und besten Wein. Arthur wäre gerne länger in der lauschigen Laube gesessen, um eine von den köstlich aussehenden Buchteln zu verspeisen. Das war eine Mehlspeise aus Germteig mit Marillenmarmelade, die überall bei den Buschenschenken, selbstverständlich hausgemacht, angeboten wurde. Doch Lilli und Hilde drängten, gleich weiterzufahren, weil sie bei Tageslicht nach Hause kommen wollten. Als alles abgeräumt war, kam ein Kuvert zum Vorschein. »Oh, der nächste Hinweis!«, leuchteten Arthurs Augen wieder, und er las laut vor: »*Jetzt ist es nicht mehr weit nach Slowenien, doch wir bleiben lieber in der Südsteiermark und essen …*« Arthur dachte kurz nach. »Kastanien«, schrie er ganz stolz. »Ja, da gibt es unweit von hier diesen urigen Buschenschank, an dem wir das letzte Mal auf unserer Wanderung vorbeigekommen sind. Da sitzt man mitten im Weingarten und bekommt unter anderem Sturm und slowenische Kastanien. Dieser Abstecher geht sich noch aus«, brauchte Lilli ihre beiden Freunde nicht großartig zu überzeugen. Es war eine Wonne, draußen mitten unter den Weinreben dieses bodenständig gebliebenen Buschenschanks an einfachen Holztischen auf alten Bänken und Sesseln zu sitzen und die Abendsonne zu genießen. Hier gab es ein ständiges Kommen und Gehen. »Egal, wer hierherkommt, in diesem Weingarten sind alle gleich«, konnte sich Hilde das Statement nicht verkneifen. Jeder Gast musste sich den Sturm oder Wein und die Kastanien und belegten Brote selbst holen. Auch diejenigen, die mit ihrem Porsche oder einem noch teureren Auto angerauscht gekommen waren und sich prominent mitten in die Einfahrt gestellt hatten, auch wenn da gar kein Platz mehr zum Parken war. Da sie schon etwas müde waren, beschlossen sie, nicht die längere Route über die Weinstraße bis nach Gamlitz und weiter zum Hotel, sondern lieber die Strecke retour über Berghausen zu nehmen. Außerdem hatte Lilli noch vor, am Heimweg ihr Familiengrab am Friedhof in Ehrenhausen zu besuchen.

Selbst dieser Ort gab Hilde Anlass, ihr historisches Wissen kundzutun. »In dieser Kapelle ruhen Familienmitglieder des Adelsgeschlechts Attems, die im 19. Jahrhundert das Schloss Ehrenhausen ebenfalls besessen haben.«

Lilli war gerade dabei, die Gießkanne am Brunnen, der sich vor der Kapelle befindet, mit Wasser zu füllen. Sie warf Arthur einen belustigten Blick zu. Worauf Hilde ergänzte: »Falls das jemanden interessieren sollte.« Ihre beiden Freunde gingen vor zu Lillis Familiengrab, als sie jemanden ihren Namen rufen hörte. Sie drehte sich zur Seite und erblickte weiter weg an einem anderen Grab eine alte Kirchenchorsängerin, der sie ewig nicht mehr begegnet war. »Schön, dich auch mal wieder in Ehrenhausen zu sehen, Lilli! Sag, wie lange bleibst du denn?«, begrüßte ihre alte Bekannte sie freundlich.

»Danke, ich bin ein paar Tage auf Urlaub hier. Da ist ein Friedhofsbesuch ein Muss.«

Sie plauderten einige Zeit über Belangloses, bis Lilli es nicht mehr aushielt und die Bekannte direkt auf den Mord ansprach: »Sag, kannst du dir vorstellen, wer den Mord an Mitzi begangen haben könnte?«

Das Gesicht der Bekannten verfinsterte sich. Sie stockte kurz, so als wüsste sie nicht, ob sie antworten sollte. Dann schien sie sich innerlich einen Ruck zu geben: »Nein, ich wüsste nicht, wer so etwas tun könnte. Mitzi war der liebenswürdigste Mensch, den man sich vorstellen kann. Der Kirchenchor und die ganze Gemeinde haben ihr sehr viel zu verdanken.« Sie hielt kurz inne und sah Lilli direkt in die Augen: »Aber nicht alle waren dankbar.« Lilli schaute sie fragend an. »Na ja, da gab es jemanden, der mit ihr offensichtlich ein Problem hatte«, sprach sie nur mehr im Flüsterton weiter. Lilli hörte weiterhin nur zu. Sie wusste von ihrer Arbeit als Flugbegleiterin, dass das die beste Methode war, um viele Informationen zu erhalten. Nur nicht den Fluss unterbrechen, in dem sich die Gesprächspartnerin befand. »Die Lena.« Sie wandte sich noch näher Lilli zu: »Nach der letzten Chorprobe gab es zwischen den beiden einen handfesten Streit. Ich war zwar nicht direkt dabei, aber ich musste nach der Probe zurück in den Probenraum, weil ich blöderweise meine Tasche liegen gelassen habe. Schon auf der Stiege hinauf habe ich Lena laut auf Mitzi einreden gehört. Sie hat fast geschrien.«

»Hast du gehört, worum es gegangen ist?«, warf Lilli kurz ein.

»Nicht wirklich. Denn als ich den Raum betreten habe, sind beide schlagartig verstummt und haben so getan, als wäre nichts.« Die Bekannte schaute auf die Uhr: »Ach herrje. Ich muss los. Ich bekomme nämlich noch Besuch. Genieß noch deinen Urlaub! Das nächste Mal gehen wir auf einen Kaffee.« Lilli hatte nach diesem Gespräch das Gefühl, wieder voll in Ehrenhausen eingetaucht zu sein. Sie war sich jedoch nicht sicher, ob sie das auch wirklich wollte.

Hilde und Arthur, die ungeduldig wurden, winkte sie zu, dass sie komme. Sie bahnte sich ihren Weg über den sanft abfallenden Friedhof vorbei an Gräbern, auf denen Namen standen von Menschen, die Lilli aus ihrer Kindheit kannte. Lilli war verwundert, mit wie viel Liebe und Aufwand die Menschen am Land die Gräber pflegten und schmückten. »Schieß los!«, konnte Hilde es gar nicht mehr erwarten zu hören, was Lilli erfahren hatte.

»Nicht hier«, deutete Lilli mit ihrem Blick auf das Kommen und Gehen der Friedhofsbesucher.

8 OPOK UND MEHR

»Es ist alles geheim, aber die halbe Südsteiermark weiß Bescheid«, bemerkte Hilde trocken und fügte ihre Bedenken hinzu: »Hoffentlich wird kein Weinhügel dafür geopfert und begradigt!« Entrüstet über die Gerüchte bezüglich des Baus eines Luxusweinhotels im Südsteirischen Hügelland war die Aufmerksamkeit von Lilli und Hilde nun auf alles ausgerichtet, was damit zu tun hatte. Und so kam es, dass ihnen auf der Fahrt von Ehrenhausen nach Gamlitz am Straßenrand eine riesige Werbetafel mit einem Plakat auffiel, auf dem ein neues Hotel zu sehen war. »Ich bleib da vorne stehen. Dann können wir uns das Plakat näher anschauen«, fuhr Hilde rechts ran. Das war doch tatsächlich die Ankündigung eines »Weinhotels de luxe in der Steirischen Toskana«, dem schon viele Gerüchte vorausgeeilt waren. »Da steht aber nirgends der genaue Standort«, bemerkte Arthur. »Steirische Toskana ist halt schon ein bisschen ungenau, würde ich sagen.« Lilli und Hilde waren sich jetzt nicht sicher, ob Arthur das ernst oder ironisch meinte.

»Hauptsache, sie haben groß angekündigt, dass es im Frühjahr 2025 eröffnet wird. Da ist zumindest ein Link zu einer Website«, zückte Hilde sofort ihr Mobiltelefon. »Das schauen wir uns zu Hause gleich näher an.« Hilde konnte nicht bis zu Hause warten. Mitten im ärgsten

Abendverkehr standen die drei nun vor der Plakatwand, und Hilde sah sich auf ihrem Mobiltelefon die Website genau an. Aufgrund des Lärms der vorbeibrausenden Autos und Lkws musste sie ihren Freunden die Informationen zuschreien: »Das ist nur die Homepage mit Eckdaten. 100 Zimmer soll es haben, einen Infinity Pool, einen Spabereich de luxe, nicht näher definiert, gleich zwei Restaurants, einen E-Bike-Verleih, eine Vinothek, na no na net et cetera, et cetera. Aber wo genau auf der Südsteirischen Weinstraße das Hotel gebaut werden soll, ist auch auf der Website nicht zu lesen. Ist also noch geheim.«

»Vielleicht steht etwas im Impressum«, warf Arthur ein und schaute gleich selbst nach: »Nein, nur der Name des Architekten, ein gewisser Florian Prammer, und die Adresse seines Büros, das sich in Leibnitz befindet«, zeigte er sich enttäuscht.

»Na, eh klar, wieder mal der Prammer«, wunderte sich Lilli gar nicht.

»Und sonst nichts?«, wollte es Hilde nicht glauben.

»Nein, nichts. Vielleicht gibt es noch keine Baugenehmigung«, rätselte Arthur weiter.

Enttäuscht über so wenige Informationen fuhren sie die Weinstraße hoch zu Hildes Weingarten.

Es war der Zauber der Kombination von lieblichen, sanften Hügeln, sich daran anschmiegenden Weingärten, Pappeln – einzeln oder in kleinen Gruppen – prominent auf den Kämmen der Weinberge, und atemberaubenden, sich ständig wechselnden Himmelsbildern, die einem das Herz aufgehen ließen. Bei der Erschaffung der Welt hatte der liebe Gott bei der Südsteiermark besonders viel Anmut walten lassen. Jede Fahrt über die Weinstraße war aufs Neue ein Abenteuer. Jede Straße führte in ungeahnte Täler und weiter auf den nächsten Weinhügel hinauf. Lilli war auf der ganzen Welt unterwegs, doch nirgendwo hatte sie bisher so viele unterschiedliche Herbstfarben gesehen wie hier. Es war ein Farbenspiel, das seinesgleichen sucht. Als hätten sich Himmel und Erde ausgemacht, farblich besonders gut zu harmonieren. Allein der Nebel tauchte die Landschaft in unzählige Grautöne, die die Konturen der hügeligen Landschaft mit ihren zahllosen Weinbergen besonders gut zur Geltung brachten. Jeder Ausblick ein Gemälde. Lilli wurde wieder einmal vollends hineingezogen in dieses Schauspiel, das oft rasch hintereinander sein Bühnenbild veränderte. In solchen Momenten spürte sie ihre Wurzeln besonders stark.

Arthur hatte es sich am Tisch vor dem Steinhaus gemütlich gemacht. Sein Blick verlor sich in dieser anmutigen Szenerie, und er meinte nickend: »Ich verstehe jetzt, warum man von der Steirischen Toskana spricht.«

Hilde hörte gerade noch den letzten Teil des Satzes, während sie aus der Haustür stürmte, in der einen Hand eine Flasche Wein und in der anderen drei Gläser. »Lieber Arthur, jetzt sag ich dir mal was. Das südliche Flair unserer Südsteiermark und die sanften Hügel mögen dem mediterranen Klima und der Landschaft der Toskana ähneln«, Hilde hielt kurz inne, »aber eben nur ähneln. Unsere Heimat hat ihren eigenen Charakter. Die saftig grünen Wälder, Wiesen, Wein- und Obstgärten auf den unzähligen Weinhügeln sind mit nichts zu vergleichen. So viele Weinberge wie im Südsteirischen Hügelland findet man in der Toskana bestimmt nicht.«

Arthur musste lachen, weil sich Hilde so ereifern konnte. »Gut, dann wechseln wir jetzt das Thema. Sag, warum wächst bei euch der Wein so gut?«, grinste er Hilde an.

Diese tat so, als würde sie gleich explodieren. »Da musst du die Lilli fragen. Die kennt sich damit als Bord-Sommelière in der Business Class besonders gut aus.«

Lilli ließ sich nicht lange bitten und legte los: »Bei uns war einmal das Urmeer. Aus dieser Zeit stammen Kalkstein, Muschel- und Korallenkalk, lehmige Sandböden, Ton und Mergel, ein Gemisch, das bei uns Opok genannt wird. In Kombination mit den fantastischen Böden spielen auch die klimatischen Verhältnisse eine wichtige Rolle für die wunderbare Reife und das reichhaltige Bukett unserer Trauben. Wir befinden uns im Einflussgebiet des illyrischen Klimas, also des Mittelmeers. Wir haben in der Südsteiermark sehr warme Sommer und auch einen wärmeren Herbst als sonst in der Steiermark. Und es gibt große Unterschiede zwischen den Tag- und den Nachttemperaturen, die ebenfalls diesen feinen Nuancenreichtum unserer Weine fördern.«

»Sag, Hilde, was ich dich schon immer mal fragen wollte: Deine Oma war Winzerin. Wann wusste sie, wann der ideale Lesezeitpunkt ist?«

»Den bestimmen die Zuckergrade der Trauben, ihre Säurewerte und das Wetter. Wieso fragst du?«

»Kann ich vielleicht auch mal bei einer Lese mitmachen?«

»Wenn du körperlich und psychisch fit dafür bist, kann ich unseren Pächter fragen.«

»Was meinst du damit?«

»Die Lesezeit ist die anstrengendste Zeit des Jahres für die Weinbauern. Und bei uns kommt hinzu, dass rund zwei Drittel aller steirischen Weinberge eine Hangneigung von über 26 Prozent haben. Das gilt dann schon als Bergweinbau, und da ist dann die Lese um einiges anstrengender als im Flachland.«

»Gut, dann überlege ich mir das doch noch einmal«, antwortete Arthur kleinlaut und wechselte zum Weintrinken an sich.

»Welchen Wein würdest du denn empfehlen, Lilli?«

»Da tue ich mir ehrlich gesagt ein bisschen schwer. Denn nicht jede Rebsorte schmeckt jedem.«

»Ich war bis jetzt hauptsächlich Rotweintrinker. Aber ich glaube, ich komme bei euren Weißweinen auf den Geschmack«, bekundete Arthur beherzt seine Offenheit.

»Jetzt lassen wir Lilli mal raten, welchen Wein ich da gerade kredenze«, schlug Hilde mit einem schelmischen Lächeln vor. Lilli betrachtete den Wein zunächst im stehenden Glas von oben her und roch an ihm. Danach hielt sie das geneigte Glas gegen eine weiße Serviette, dann schwenkte sie den Wein ein-, zweimal, roch wieder dran und nahm genüsslich einen Schluck mit voller Konzentration. Sie ließ den Wein dann im Mund sich entfalten und schluckte ihn langsam hinunter. Lilli kam zu folgendem Schluss: »Dieser Wein ist typisch für unsere Gegend. Der ist einfach, frisch, saftig, steirisch. Ein Welschriesling, würde ich sagen. So wie unsere steirischen Äpfel eben. Und mancher Welschriesling riecht auch nach saftigem Apfel, ein anderer vielleicht nach Heublumen.« Hilde applaudierte, und Arthur war begeistert. Wie war das möglich? »Normalerweise wird der erste Schluck ausgespuckt. Dann wird der Vorgang wiederholt, wobei da ein kleiner Schluck die Kehle hinunterrinnen darf, um den Abgang des Weines beurteilen zu können«, erklärte Lilli ihrem Freund das richtige Verkosten.

»Ich glaube, Arthur ist mehr daran interessiert, einen großen Schluck die Kehle hinunterrinnen zu lassen«, konnte es sich Hilde nicht verkneifen. Jetzt sah Arthur seine Freundin mit einem strafenden Blick an.

»Und worauf muss man beim Verkosten schauen?«, ließ er sich nicht von Hildes frecher Aussage beirren. »Auf Säure, Süße, Tannin, Harmonie, Alter, Körper/Extrakt, Alkohol, Abgang, Farbton, Farbtiefe, Klarheit, Konsistenz, Kohlensäure, Reintönigkeit, Intensität, und beim Sekt auch auf den Schaum, die Perlen«, kam es von Lilli wie aus der Pistole geschossen.

»Das ist eine richtige Wissenschaft.« Arthur konnte das so nicht stehen lassen und zwang Hilde, einen weiteren Wein zu holen.

Arthur schaute Lilli gebannt an und passte auf wie ein Haftelmacher, dass Lilli nur ja nicht das Etikette des

Weines sah. Lilli führte dasselbe Prozedere wieder durch.

»Und dieser Wein hat ein nobles zurückhaltendes Bukett mit reifer Säure. Der fühlt sich wohl auf kalkreichen Böden, wie wir sie hier in der Südsteiermark haben. Bei dem ist die sortentypische Pinotwürze gut ausgeprägt. Wobei bei diesem Wein auch Walnuss, Honig oder Lindenblüten im Bukett sein können. Dieser Weißburgunder passt gut zum Essen, zu jedem, finde ich, egal ob Fleisch, Fisch, vegetarisch. Sogar zum Dessert kann man ihn trinken. Bei uns ist er eben aufgrund der besonderen Böden von mineralischer Textur.« Arthur konnte es nicht fassen. Wie um alles in der Welt war es möglich, blind einen Wein zu bestimmen. »Aber eines kann ich dir auch sagen: Von jeder Riede und von jedem Weinbauern schmecken die gleichen Rebsorten anders. Und das finde ich faszinierend und wohltuend in einer Welt der fortschreitenden Gleichmacherei und des Einheitsbreis«, zeigte sich Lilli begeistert von der Vielfalt der südsteirischen Weine. Als Arthur das Glas ausgetrunken hatte, fiel ihm etwas auf. »Schau mal, da sind Kristalle drin. Oje, war der Wein etwa nicht in Ordnung?«

»Nein, Arthur, alles gut. Das ist Weinstein, der sich beim Lagern bildet und sich am Boden der Flasche oder am Korken festsetzt. Der ist absolut unschädlich«, konnte Lilli ihren Freund schnell beruhigen.

»Hilde, du musst eine weitere Sorte zur Verfügung stellen. Sonst glaube ich das nicht«, wollte Arthur Lilli weiter auf die Probe stellen.

»Sag einmal, ich kann doch nicht alle Weinflaschen aufmachen, nur weil du nicht glaubst, was du siehst«, verdrehte seine Freundin die Augen. Arthur schaute sie mit seinen wahrlich treuherzigen blauen Augen bittend an.

»Na schön, aber das ist jetzt die letzte Flasche. Wer soll das denn alles trinken?« Widerwillig lief sie in den Weinkeller und holte noch eine Flasche.

»Jetzt lass mich mal«, beschloss Arthur, es nun selbst als Verkoster zu versuchen. Lilli und Hilde bogen sich innerlich vor Lachen, als Arthur versuchte, fachmännisch den Wein zu verkosten.

»Verkrampf dich nicht so! Sonst fällt dir das Trinken ja auch nicht so schwer«, konnte sie vor lauter Lachen fast nicht aussprechen.

Arthur fand schon etwas heraus, nämlich, dass ihm der Wein schmeckte. Wieso, konnte er nicht sagen und bat Lilli um ihre Expertise. »Was sagt denn die Fachfrau?«

»Also der hat ein feines Muskataroma, würde ich sagen. Ja, ich denke, das ist ein Gelber Muskateller.« Das stimmte wieder. Arthur hing an Lillis Lippen. »Er ist klar, hellgelb bis strohgelb, mit einer nervigen, lebendigen Säure, hat einen schlanken Körper, ist im Abgang kurz bis mittel. Er schmeckt auch ein bisschen nach exotischen Früchten. Daher kann man sagen, er ist fruchtig, aber dezent, von der Harmonie her sauber.« Und sie fügte hinzu: »Natürlich soll dir ein Wein schmecken. Der wichtigste Schlüssel zum Wein ist jedoch der Geruchssinn. Wie wenig vom Wein über den Gaumen und die Zunge wahrgenommen wird, kannst du leicht herausfinden, indem du dir beim Verkosten die Nase zuhältst.«

»Liebste Hilde, welche Weine hast du noch in deinem Keller?«

»Liebster Arthur, was glaubst denn du? Viele, aber für heute ist Schluss mit lustig.«

»Ach, wie schade!«, gab sich Arthur enttäuscht.

»Hin und wieder probiere ich auch einen Bio-Wein. Den versuchen vor allem junge Weinbauern zu kultivieren. Das ist halt ein ehrlicher Wein, ist mir persönlich manchmal zu erdig. Aber die sind dabei, sich sehr gut zu entwickeln. Die werden bestimmt noch boomen«, war sich Lilli sicher.

Hilde war plötzlich verschwunden und kam kurze Zeit später mit zwei Flaschen wieder. »Mit einem Bio-Wein kann ich nicht aufwarten. Aber hier sind zwei, die man unbedingt einmal verkostet haben soll.« Hilde hoffte damit, dass Arthur dann endlich zufrieden sein würde. Lilli ließ sich wieder auf den ihr nun kredenzten Wein ein: »Ah ja, ich weiß es schon. Früher unter dem Namen Muskat-Sylvaner war er kaum zu verkaufen. Heute als Sauvignon Blanc zählt er zu den begehrtesten Weißweinsorten und auch zu den teuersten.«

»Stimmt schon wieder!« Arthur gab schön langsam auf.

»Arthur, probier mal. Mach die Augen zu und dann sag mir, was du riechst und schmeckst«, ermunterte ihn Lilli. Arthur gab sich große Mühe: »Also, das klingt vielleicht eigenartig, aber mir kommt gerade grüner Paprika in den Sinn.«

»Sehr gut, du hast es erfasst«, lobte ihn Lilli. »Auch ein Bukett von frischem Gras, Brennnessel und auch

Spargel wäre möglich. Bei diesem rieche ich aber Holunder, was ebenfalls sortentypisch ist.«

»Ja, jetzt, wo du es sagst, kann ich selbst Holunder erkennen. Ich glaube, meine Nase wird schon trainiert und sensibler im Riechen«, freute sich Arthur wie ein kleiner Junge.

»Dieser Sauvignon Blanc ist strohgelb bis hellgelb, harmonisch, trocken und vom Alkoholgehalt her mittelschwer«, ergänzte Lilli als Fachfrau.

»Und das ist jetzt die letzte Sorte, lieber Arthur«, gab Hilde ihrem Freund zu verstehen, dass sie ab jetzt hart bleiben würde, obwohl sie weitere Sorten im Keller lagernd hatte. Lilli zeigte keine Ermüdungserscheinungen, sondern blieb so professionell, wie sie es auch auf einem Zwölfstundenflug nach Japan immer sein musste. Sie ließ sich auch auf diese Sorte mit vollem Einsatz und viel Gefühl ein: »Dieser Wein ist ›klassisch‹ ausgebaut mit betonter Frucht, hat ein Bukett von grünem Apfel, würde ich sagen, und eine kräftige Säure. Er ist mittel- bis zitronengelb, kraftvoll und kurz im Abgang.« Sie nahm einen Schluck, überlegte kurz: »Das muss ein Morillon sein.«

»Liebe Lilli, jetzt liegst du falsch. Da steht ›Chardonnay‹ auf dem Etikett«, triumphierte Arthur. Hilde klärte ihn auf. »Lieber Arthur, bei uns in der Steiermark wird ein Chardonnay als Morillon bezeichnet. Jetzt hast du wieder etwas gelernt.«

Arthur hielt das Glas gegen eine weiße Serviette. »Die Farbe ist ganz anders als bei den anderen Weinen, die wir verkostet haben. Wovon hängt denn der Farbton ab?«

»Von vielen Faktoren: von der Rebsorte, vom Reifegrad, von der Klimazone, vom Boden, vom Jahrgang, vom Ausbau et cetera«, wurde Lilli nicht müde, Arthurs Wissensdurst zu löschen.

»Und wie erkennt man, wie alt der Wein ist?«, fragte er weiter.

»Das kann man an der Farbtiefe erkennen. Weißweine legen an Farbe zu, je älter sie werden. Bei Rotweinen hingegen blasst die Farbe mit zunehmendem Alter aus.«

»Und, Frau Sommelière, wie bitte schön schmeckt ein Müller-Thurgau?«

»Das Bukett dieser Rebsorte ist ein zarter Muskatton. Da der Müller-Thurgau sehr früh reift, wird er gerne als Sturm angeboten.«

»Einen Wein, den ich auch kenne, den du aber noch gar nicht erwähnt hast, ist der Schilcher«, wunderte sich Arthur.

»Ich weiß, den kennt jeder. Aber den gibt es bei uns in der Südsteiermark nicht so oft. Sein Bekanntheitsgrad ist enorm. Dem gegenüber steht die kleine Anbaufläche in der Weststeiermark, wo er hauptsächlich angebaut wird. Die Rebsorte des Schilchers ist der Blaue Wildbacher. Er darf nur in der Steiermark kultiviert werden so wie der Champagner, dessen Trauben nur aus der Champagne kommen dürfen.«

»Und was ist bei dem Schilcher sortenspezifisch?«

»Gut, Arthur, du lernst schnell«, häkelte ihn Hilde.

»Der Schilcher hat ein Bukett von Himbeere, aber auch Apfel bis hin zu Brennnessel und Sauerampfer.

Er hat einen hohen Säurewert und bietet ein frisches, fruchtiges Geschmackserlebnis. Viele mögen ihn, manche mögen ihn gar nicht.«

»Also ich mag ihn nur als Sturm oder Sekt«, verlautbarte Hilde und erhob sich, weil ihr kalt wurde.

»Und Rotweine habt ihr gar keine?«

»Doch, aber halt wenige, wobei die im Kommen sind. Zum Beispiel der Zweigelt oder Blauer Zweigelt, wie er richtig heißt, wird bei uns auch gekeltert.«

»Was ist das für ein Wein?«

»Der wurde aus Sankt Laurent und Blaufränkisch gezüchtet«, konnte Lilli alles beantworten. »Hilde, jetzt haben wir so viele Weißweine verkostet, dass ich mir den Geschmack von einem Rotwein so überhaupt nicht vorstellen kann«, ersuchte Arthur händeringend um Verständnis. »Na schön, das ist dann aber wirklich der allerletzte. Gut, dass wir einen Weinkeller haben, der bestens temperiert ist. Da können auch die offenen Weine sich länger wohlfühlen.« Hilde verschwand wieder und tauchte mit einer Flasche Zweigelt auf. Lilli versuchte, Arthur zu trainieren: »Riech mal, Arthur. Und dann nimm einen Schluck. Da setzt sich am Gaumen fort, was in der Nase gerochen wurde. Was kannst du denn riechen?«

»Liege ich völlig falsch, wenn ich sage Kirsche, oder besser noch Weichsel?«

»Nein, gratuliere! Das ist das sortenspezifische Bukett, sehr duftig, fruchtbetont, nach Kirsche oder Weichsel, auch Brombeere kann ich erkennen. Dieser Wein hat eine würzige Kraft, und der Abgang ist mittel«, zeigte sich Lilli zufrieden mit Arthurs Fortschritten im Verkosten von Wein.

Gerade, als sie angestoßen hatten, sahen sie plötzlich ein Polizeiauto auf den gegenüberliegenden Weinberg fahren. »Oh, die fahren zur Frau Marko, oder besser gesagt zu ihrem Neffen. Was da wohl im Busch ist?« Hilde lief schnurstracks ins Haus und kam mit einem Feldstecher zurück. »Kannst du etwas erkennen?«, wurde auch Lilli neugierig.

»Es steigen zwei Polizisten aus und ein Mann. Jetzt klopfen sie gerade an der Haustür. Es macht jemand auf, aber ich kann nicht erkennen, wer das ist. Nun gehen alle hinein.«

Sie beschlossen, noch einen Abendspaziergang zu machen, obwohl es bereits finster geworden war. Der Sternenhimmel erstrahlte in voller Pracht. Draußen auf der Weinstraße gab es keinen Lichtsmog so wie in der Stadt. Hier konnte man sogar die Milchstraße sehen. »Schau, da ist eine Sternschnuppe!«, war Arthur ganz entzückt.

»Heute Nacht wird es ordentlich kalt werden«, sagte Hilde wissend das Wetter vorher.

»Seit wann kennst du dich in Meteorologie aus?«, fragte Arthur sie lachend.

»Das weiß ich von meiner Oma. Weil der Mond einen Hof hat, wird es heute kalt.«

»Was für einen Hof?«

»Schau einmal genauer in den Himmel. Was kannst du sehen?«

»Den Mond.«

»Ja, und was noch?«

»Die Sterne.«

»Nein, ich meine beim Mond.«

»Den Mann im Mond kann ich nicht sehen.«

»Ich auch nicht. Ich meine das, was um den Mond drumherum ist.«

»Du meinst diesen hellen Streifen.«

»Ja, genau. Du hast es kapiert.«

»Ja, und?«

»Was, ja und?«

»Was hat das mit der Kälte zu tun?«

»Ich weiß von meiner Oma, dass es in der Nacht sehr kalt wird, wenn der Mond diesen, wie sie es nannte, Hof hat.«

»Also ist das gar nicht wissenschaftlich erwiesen?«

»Das weiß ich nicht und das ist mir auch wurscht, weil meine Oma damit immer recht hatte. Es wurde immer schweinekalt, wenn der Mond einen Hof hatte.«

Arthur wurde durch den etwas enervierten Tonfall Hildes klar, dass es jetzt besser war, nicht weiter nachzufragen.

»Ich glaube, da drüben tut sich wieder etwas«, bemerkte Hilde. Sie hatte den Feldstecher sicherheitshalber dabei, damit ihnen nur ja nichts Wichtiges entging.

»Was kannst du erkennen?«, konnte Lilli es wieder nicht schnell genug wissen.

»Nicht viel, es ist zu dunkel. Zuerst war das Haus

hell erleuchtet, und jetzt sind im Haus fast alle Lichter abgedreht. Und nun fährt das Polizeiauto wieder weg.«

»Sonst noch irgendetwas?«, ließ Lilli nicht locker.

»Nein, leider.«

Es waren nur mehr die Lichter des Polizeiautos zu sehen, die sich den Weg über den Weinberg hinuntersuchten.

Mitten in diese nächtliche Idylle hinein läutete plötzlich Lillis Mobiltelefon. »Wer ruft denn da noch zu so später Stunde an?«, wunderte sich Hilde.

»Hallo, Anni. Nein, kein Problem. Wir sind eh noch alle wach. Was ist denn passiert?« Lilli stellte ihr Mobiltelefon auf Lautsprecher: »Stell dir vor, im Pfarrhaus passieren unglaubliche Dinge.«

»Erzähl schon!«

»Also pass auf! Der Herr Pfarrer besitzt Schlüssel für das Pfarramt. Und ich auch, da ich immer alles für die Chorproben und Aufführungen vorbereite. Und dann hatte auch die Mitzi Schlüssel. Aber die waren seit ihrem Tod verschwunden.«

»Ja, und weiter?«, fragte Hilde ungeduldig.

»Oh, ich bin auf Lautsprecher. Guten Abend alle zusammen.« Lilli deutete ihr, Anni nicht so unter Druck zu setzen und dass nur sie alleine mit ihr sprechen sollte.

»Seit heute sind die Schlüssel wieder da! Und hängen dort, wo Mitzi sie immer aufgehängt hat.«

»Vielleicht hat sie der Herr Pfarrer gefunden.«

»Nein, hat er nicht. Den habe ich schon gefragt. Es hat sie auch niemand bei ihm abgegeben.«

»War sonst noch jemand heute im Pfarramt?«

»Ja, bestimmt. Der Herr Pfarrer hat heute zum ersten Mal seit dem Tod von Mitzi ...«, kurz wurde es still, man hörte Anni schlucken, dann sprach sie weiter, »die Kanzlei wieder geöffnet.«

»Ist irgendwo vermerkt, wer da war?«

Anni zögerte. »Na ja, weiß ich nicht.«

»Weißt du was, wir kommen morgen ins Pfarrhaus.«

Arthur war weniger begeistert. Er hatte sich schon sehr auf einen gemütlichen Saunavormittag im Hotel gefreut. »Nach so viel Wein ist klar, lieber Arthur, dass heute niemand mehr von uns dreien mit dem Auto fahren kann. Wir übernachten heute ausnahmsweise hier«, ließ Hilde ihn freundlich, aber bestimmt wissen.

»Schon wieder?« Arthur startete noch Überredungsversuche. Es war zwecklos. Hilde konnte ihn schließlich mit dem Wahlspruch der drei Musketiere überzeugen. Dieser Gedanke schien ihn zu beflügeln. Vielleicht war das aber auch nur gespielt.

»Das ist schon spooky, findet ihr nicht?«, klang Hilde fast ein wenig aufgeregt.

»Irgendwer wird die Schlüssel halt gefunden haben«, fand Arthur diese Information nicht sonderlich interessant und musste gähnen.

»Um sie dann einfach so mir nichts, dir nichts an den richtigen Platz im Pfarramt zu hängen? Da stimmt doch etwas nicht«, war Lilli nun hellwach. Während Hilde alles vom Tisch abräumte und in die Küche trug, verharrte Lilli draußen, in eine Decke eingehüllt. Es war stockdunkel. Nur ab und zu sah man auf einem der Weinhügel die Lichter von Pkws aufflackern. Lilli genoss diese Ruhe sehr. Ihr unstetes Leben war alles andere als ruhig. Ständig war sie im Flugzeug, auf Flughäfen und in pulsierenden Städten von vielen Menschen umgeben. Im Vergleich dazu war diese Gegend eine wahre Oase der Ruhe. Ständig hier zu leben, dazu war Lilli nicht bereit, oder besser gesagt noch nicht. Irgendwann würde sie wohl zurückkehren. »Kommst du rein oder hast du vor, über Nacht draußen zu bleiben und ein Survival Training zu absolvieren?«, drängte Hilde sie, die im leichten Negligé in der Haustür stand und ihr mit der Taschenlampe entgegenleuchtete. Lilli löste sich von ihren träumerischen Gedanken mit dem Gefühl, dass sie bereits Vorahnungen für ein neues Leben hatte.

9 HALLELUJA

»Bei uns im Pfarramt unterliegt selbstverständlich alles dem Datenschutz«, stellte Anni knapp und bestimmt fest.

»Aber das ist eine Ausnahmesituation, und ungewöhnliche Situationen erfordern außergewöhnliche Maßnahmen«, startete Hilde einen weiteren Versuch.

»Nein, also ich darf euch nicht nachschauen lassen. Auf keinen Fall. Wenn da jemand draufkommt, haben wir die Datenschutzbehörde am Hals.«

Es war nichts zu machen. »Dann machen wir es anders«, schlug Lilli vor, um von Anni den Druck zu nehmen. »Sag, musst du manchmal den Herrn Pfarrer vertreten?«

»Ja, das kommt schon ab und zu vor, ist aber eher die Ausnahme.«

»Und angenommen, ich würde jetzt etwas brauchen, würdest du das dann in Vertretung des Herrn Pfarrer tun dürfen?«

»Na ja, das würde schon gehen.«

»Gut, wir haben ja ausgemacht, dass ich heute ins Pfarramt komme, weil ich wissen muss, wie lange für mein Familiengrab bezahlt worden ist. Da ich bald wieder abreise und in den nächsten Tagen zu den Öffnungszeiten definitiv keine Zeit haben werde, geht es nur jetzt«, zwinkerte Lilli Anni zu.

»Na gut, das kann ich vor dem Herrn Pfarrer vertreten.« Sie setzte sich an den Schreibtisch des Sekretariats und fuhr den Computer hoch. Zuerst klärte Anni, was Lilli wissen wollte. Dann schaute sie sich an, was der Herr Pfarrer am Vortag so alles erledigt hatte. Vermerkt war, dass jemand einen Termin für eine Taufe gebucht hat, jemand anderer hatte einen Taufschein ausheben lassen. Und ein Referent von der Diözese hatte mit dem Herrn Pfarrer über die dringenden Renovierungsarbeiten in der nächsten Zeit beraten.

»Fällt dir irgendjemand auf, der mit dem Schlüssel etwas zu tun haben könnte?«

»Nein, nicht wirklich.«

»Mitzi hat doch immer wieder im Archiv gearbeitet. Vielleicht hat sie ihn dort liegen gelassen?«, fand Hilde plausibel. »Aber sie hätte es doch gleich gemerkt, wenn sie vor der verschlossenen Tür des Pfarrhauses gestanden wäre«, entgegnete ihr Anni.

»Wäre der Schlüssel tatsächlich im Archiv gefunden worden und hätte jemand von der Gemeinde gewusst, dass dieser Schlüssel von Mitzi ist, hätte ihn dieser Jemand von der Gemeinde doch direkt dem Herrn Pfarrer übergeben«, führte Lilli weiter aus.

»Oder der Polizei«, meldete sich Arthur plötzlich geistesgegenwärtig zu Wort.

»Falls dir doch noch etwas einfällt, was wichtig sein könnte, melde dich einfach bei mir«, machte Lilli Anstalten zu gehen.

»Ach Lilli, da wäre noch etwas.«

»Ja, was denn?«

»Wir haben heute das erste Mal seit dem Tod von Mitzi eine Abendmesse. Und wir können es uns überhaupt nicht vorstellen, dass die Orgel nun für immer verstummt. Würdest du bitte heute Abend ausnahmsweise spielen?«

Lilli riss die Augen weit auf. »Aber ich habe doch schon eine Ewigkeit nicht mehr gespielt.«

»Was, du kannst Orgel spielen?«, zeigte sich Arthur begeistert. »Das will ich hören.«

»Das machst du mit links. Es ist nur Volksgesang, den du begleiten sollst. Und der Eingang und der Ausgang sind halt natürlich auch zu spielen«, ließ Anni nicht locker. Lilli verspürte ein Wechselbad der Gefühle. Bevor sie antworten konnte, drückte ihr Anni den Schlüssel für den Orgelbalkon in die Hand: »Du kannst heute jederzeit üben. Damit würdest du uns einen großen Gefallen tun. Auch der Mitzi.«

Als Lilli sah, wie in Anni die Tränen wieder hochstiegen, konnte sie nicht anders: »Na gut, ich mache es. Und proben gehe ich sofort, denn so viel Zeit ist ja nicht mehr.« Anni umarmte Lilli überschwänglich.

Anni ging voraus in den Vorraum, als ihnen der Pfarrer entgegenkam »Ach, Herr Pfarrer, ich dachte, Sie kommen erst am Nachmittag«, wunderte sie sich.

»Nein, mein Zeitplan hat sich etwas verschoben. Ich habe jetzt am Vormittag einen wichtigen Termin hereinbekommen.«

»Was ich Ihnen noch sagen wollte, Herr Pfarrer, wenn Sie das nächste Mal am Dachboden sind, machen Sie doch bitte danach die Dachbodentür wieder zu. Da oben sind nämlich derzeit die Mäuse, und die wollen wir auf gar keinen Fall im Wohnbereich haben.«

Der Pfarrer hielt kurz inne und sah dann Anni fragend an. »Das verstehe ich natürlich. Aber ich war nicht am Dachboden«, antwortete er knapp.

Anni drehte sich wieder den drei Freunden zu: »Ich sag es ja, im Pfarrhaus spukt es.« Bevor der Pfarrer auf Annis Aussage eingehen konnte, ging die Eingangstür auf, und es kam ein Mann herein. »Grüß Gott, Herr Magister Ebner. Wir können gleich beginnen. Setzen Sie sich schon mal in das Sekretariat«, begrüßte ihn der Pfarrer und verschwand auf die Toilette. Anni kannte den Herrn offenbar auch und fragte freundlich, ob er denn einen Kaffee haben wolle. »Oh ja, sehr gern, Frau Anni!«

»Wieder mit Milchschaum und einem Löffel Zucker?«, fragte sie höflich nach.

»Sehr aufmerksam von Ihnen. Vergelt's Gott.« Und schon machte es sich dieser Besucher im Sekretariat bequem, packte seinen Laptop aus und setzte sich erwartungsvoll an den Schreibtisch. Anni machte die Sekretariatstür zu, schaute die drei Freunde bewusst an und verdrehte die Augen. Sie deutete Lilli noch einmal, mit ihr in die Küche zu kommen. Beim Verlassen des Pfarramts raunte Hilde Arthur zu: »Uns hat keiner gefragt, ob wir Kaffee haben wollen und schon gar nicht, ob mit Milchschaum.« In der Küche drückte Anni Lilli die Liste mit den Liedern, die sie an diesem Abend spielen sollte, in die Hand: »Hätte ich fast vergessen. Übrigens, das ist der Kulturreferent der Diözese.«

»Was für ein Referent?«

»Der kümmert sich um die Kirchen, die Stifte, Klöster und die kirchlichen Kunstschätze.«

»War der nicht gestern schon da?«

»Ja, stimmt. Du hast ein gutes Gedächtnis!« Sie vergewisserte sich, dass die Küchentür zu war. »Der war in letzter Zeit ein paar Mal da. All die Jahre davor hat er den Weg nur bis zum Schloss Seggau gefunden und nicht bis zu uns in den Süden nach Ehrenhausen.« Sie schaute nach, ob denn wohl die Küchentür geschlossen war. »Der geht uns jetzt allen gehörig auf die Nerven. Vor ein paar Tagen wollte er unbedingt ins Mausoleum hinein.«

»Ist das so ein Problem, wenn jemand dieses besondere Gebäude anschauen möchte?«

»Nein, eh nicht. Aber wir waren alle gerade sehr beschäftigt. Und wir haben keinen Schlüssel mehr. Denn es darf keiner mehr ohne Aufsicht hinein.«

»Und wer hat den Schlüssel jetzt?«

»Wie du vielleicht noch weißt, macht Else seit Jahrzehnten ehrenamtlich die Führungen in Ehrenhausen und hat daher den Schlüssel. Die ist aber nicht immer vor Ort. Zwei Stunden ist er dagesessen und hat auf sie gewartet. Es war schon später Nachmittag. Der muss ordentlich viel Zeit haben.«

Beim Hinausgehen stolperte Lilli über Stiefel. Anni kam ihr zu Hilfe und stellte die umgefallenen Stiefel wieder auf. Kurz wurde sie stutzig: »Wie schauen die denn aus, komplett voller Dreck. Mitzi muss erst vor Kurzem im

Garten gewesen sein.« Anni warf einen intensiveren Blick auf die Stiefel. »Das ist merkwürdig.«

»Was meinst du?«

»Da ist eine ganz helle Erde auf ihren Stiefeln. Das schaut mir nicht nach Gartenerde aus. Irgendwie viel heller, sandiger. Wo die Mitzi da wohl unterwegs war mit ihren Gummistiefeln?« Lilli pfiff ihre Freunde zurück in den Vorraum des Pfarrhauses: »Lasst uns mal den Garten inspizieren.« Arthur und Lilli kehrten widerwillig um und liefen durch die Hintertür des Pfarramts in den Garten, der auch als Festwiese für das alljährliche Pfarrfest diente. »Also die Mitzi, hat, soviel ich weiß, Gemüse und Salat angepflanzt. Wie das halt am Land so üblich ist«, klärte sie Arthur auf. Das Gemüsebeet war schon für den Winter vorbereitet. Nur noch ein paar Kräuter waren im Beet zu finden.

»Das schaut ja schon recht winterfest aus. Vielleicht hat sie eben erst in den letzten Tagen das Gemüsebeet fertig bestellt«, mutmaßte Hilde, nahm einen Ast und begann, in der Erde zu stochern. »Diese Erde ist eindeutig dunkler als die Erde an ihren Stiefeln. Wir machen jetzt einfach den Test.« Und schon war sie mit ihren Schuhen mitten im Beet. Lilli und Arthur schauten sie verdutzt an. »Wir lassen meine Schuhe bis morgen trocknen und dann werden wir wissen, ob das dieselbe Erde ist.«

»Und wenn nicht?«, sah Arthur Hilde erwartungsvoll an.

»Dann muss sie mit den Gummistiefeln irgendwo anders herumgestapft sein. Aber wo, ist die Frage.«

»Und wer sagt, dass das etwas mit dem Mord zu tun hat?«, fragte Arthur zweifelnd.

»Schon bei Agatha Christie waren Stiefel ein wichtiges Indiz für einen Mord. Warum sollten diese Gummistiefel nicht auch bei uns eine Rolle spielen?« Arthur verdrehte wegen dieser Vermessenheit ungläubig die Augen.

Lilli bestand darauf, dass Hilde und Arthur zurück ins Hotel fuhren. Sie wollte sie nicht bei ihren ersten Orgelspielversuchen nach Jahren dabeihaben. Das wollte sie ihnen, aber vor allem sich selbst nicht zumuten. Lilli hatte ein mulmiges Gefühl, als sie in der Kirche die steile Treppe hinauf auf den Chor ging. Schon als Kind war ihr dieser Aufgang nicht geheuer, fast gruselig. Es war eng, dunkel und kalt. Als sie den Orgelbalkon betrat, spürte sie einen Stich im Herzen. Sie konnte gar nicht Richtung Brüstung schauen, von der Mitzi hinuntergestürzt war. Nur auf die Orgel konzentrieren, wiederholte sie innerlich mehrmals. Sie schaltete das Licht ein und setzte sich auf den Platz der Organistin. Wie oft hatte Mitzi hier gesessen. Langsam strich sie über die Tastatur. Es war klar, dass ihr dabei die Tränen kommen würden. Ganz sanft probierte sie einzelne Tasten. Der Klang der Orgel war unverkennbar und versetzte sie in frühere Zeiten, als sie die Orgel immer wieder mal zu Feierlichkeiten spielen durfte. Was für eine wunderbare und glückliche Zeit! Sie musste sich ordentlich zusammenreißen, sonst hätte sie die ganze Zeit nur heulen können. Plötzlich hörte sie Geräusche von unten aus dem Kirchenschiff. Sie sprang auf und schaute hinunter Richtung Altar. Der Pfarrer war scheinbar gerade dabei, alles für die Abendmesse vorzubereiten. Früher hatte das alles ein Mesner gemacht. Er sah kurz hoch zum Chor und winkte Lilli zu. Sie erwiderte seinen Gruß und beschloss, nun endlich mit dem Proben zu beginnen. Anni hatte ihr eine Liste mit den Liedern für die Abendmesse mitgegeben. Nur, wo waren die Noten? Diejenigen auf der Orgel waren scheinbar von der letzten Abendmesse, die Mitzi mit der Orgel begleitet hatte. Lilli wusste, dass alle Noten in einer Seitenkammer des Chores untergebracht waren. Oft hatte sie Mitzi dabei geholfen, diese zu sortieren und für die Sängerinnen und Sänger auf die Brüstung zu legen, schön geordnet nach Sopran, Alt, Tenor und Bass. An Tenören hatte es immer gemangelt. Und die Sopranstimmen waren froh, wenn jemand dabei war, der die höchsten Töne gut erreichen konnte. Denn dann konnten sich alle anderen gut anhalten und wurden nicht um einen Viertelton tiefer. Lilli musste innerlich schmunzeln. Autsch, das tat weh. Da hatte jemand doch glatt einen Stapel Noten so ungeschickt auf einen Sessel gelegt, dass Lilli beim Vorbeigehen anstieß, der Stapel Übergewicht bekam und ihr auf den rechten Fuß fiel. Das mussten die von der Spurensicherung gewesen sein. Wie konnte man nur so gedankenlos sein. Mitzi verstaute die Noten immer genau und umsichtig. Hier hatte alles seine Ordnung, oder besser gesagt Mitzis Ordnung. Lilli bückte sich, um die Noten aufzusammeln. Sie blätterte mehrere Stapel Noten durch, bis sie endlich die richtigen für die Abendmesse fand. Sie richtete sich alle Noten auf der Orgel zum Spielen her. Gerade als sie die erste Seite umblätterte, fiel etwas auf den Boden. Lilli sprang wieder von der Bank, bückte sich und suchte danach. Da lag eine Karte, genau gesagt eine Visitenkarte auf dem Boden. Sie las »Galerie Klein & Co. – Antiquitäten, Restaurierung und Entrümpelungen.« Wie die da wohl hingekommen war? Lilli steckte die Visitenkarte in ihre Jackentasche. Dann begann Lilli zu spielen und zog alle Register. Die Geläufigkeit der Finger war nicht mehr so wie früher, aber je länger sie spielte, umso mehr kam sie in den Fluss. Als sie erstaunt über sich selbst die letzte Note gespielt hatte, ertönte vom Kirchenschiff begeisterter Applaus. Hilde und Arthur hatten es sich nicht nehmen lassen zuzuhören. Lilli war gerührt.

Sofort hatte Hilde herausgefunden, wer denn diese Galeristin war. »Das Geschäft befindet sich in Graz in der Sporgasse. Gut, dann wissen wir, welchen Ausflug wir morgen machen werden.«

»Und was ist mit meinem Saunatag?«, fragte Arthur entsetzt.

»Das wird wohl ein Saunaabend. Aber glaube mir, Graz hat auch einiges zu bieten«, ließ Hilde keine Widerrede zu.

Obwohl es nur Volksgesang gab, wohnten der Messe auch ein paar Sängerinnen und Sänger bei. Sie wagten es aber nicht, den Chor zu betreten, weil die Erinnerung an Mitzis Todessturz von der Brüstung noch sehr präsent und schmerzhaft war. Alle waren sie verwundert, wer die Orgel bei der Abendmesse spielte, und umso begeisterter, als sie erfuhren, dass Lilli die Organistin war. Danach gab es eine Agape mit Wein und selbst gebackenem Weißbrot als Dankeschön jener Familie, die diese Messe für ihre lieben Verstorbenen bezahlt hatte. Je später es wurde und je mehr Wein getrunken wurde, umso redseliger wurden die Leute.

Lilli und Hilde unterhielten sich blendend. Selbst Arthur, der sonst immer so zurückhaltend war, ging aus sich heraus und kam mit für ihn wildfremden Ehrenhausenerinnen ins Gespräch. Hilde erblickte eine Bekannte. »Else, wie schön, dich wieder mal zu sehen!« Sie stellte sie Arthur vor. »Darf ich bekanntmachen: Das ist Else, die beste und einzige Fremdenführerin von Ehrenhausen.«

»Na, na, übertreib mal nicht! Du hast das auch hervorragend gemacht. Ich weiß noch, dass die Touristen von deinem kunsthistorischen Wissen sehr begeistert waren. Und Verehrer unter den Gästen hatte Hilde auch einige«, verriet Else lachend.

»Da möchte ich jetzt aber mehr davon erfahren«, zeigte sich Arthur höchst interessiert.

»Das würde dir so passen, geht dich aber gar nichts mehr an«, konterte Hilde.

»Was heißt nichts mehr?«, sah Lilli ihre beiden Freunde an. Arthur zuckte mit den Achseln und tat so, als wüsste er nicht, was Hilde meinte. Dann verstummte Else plötzlich und wurde ernst. »Else, was ist?«

»Ach, es ist wegen der Mitzi. Ich kann mir noch immer nicht vorstellen, dass sie tot ist.«

»Ja, so geht es uns allen«, fügte Lilli hinzu, nachdem sie sich gerade von jemandem verabschiedet und sich wieder ihren Freunden und Else zugewandt hatte.

»Sie war doch so ein guter, liebenswürdiger Mensch«, seufzte Else. »Und ich glaube sogar, dass ich zu der Zeit, als Mitzi umgebracht wurde, zufällig an der Kirche vorbeigegangen bin.«

»Wie meinst du das? Das musst du uns genauer erklären«, drängte Hilde sie und warf ihren Freunden einen bedeutungsvollen Blick zu.

Else erzählte von der Führung für den Kulturreferenten. »Ich gehe normalerweise auch zur Abendmesse. Nur, da ich gebeten wurde, dem Magister Ebner von der Diözese das Mausoleum zu zeigen, habe ich an diesem Tag darauf verzichtet. Man muss dazusagen, dass diese Führung sehr spontan gebucht wurde. Es war schon später Nachmittag, als ich von meinen Einkäufen aus Leibnitz zurückgekehrt bin. Nach der Führung habe ich den Magister Ebner noch Richtung Bahnhof begleitet, in dessen Nähe ich wohne.«

»Ja und weiter?«, drängte Hilde sie weiterzureden.

»Ich musste dann noch einmal rauf zum Mausoleum, weil ich dort blöderweise meine Lesebrille liegen gelassen hatte.«

»Und das war während der Abendmesse?«, fragte Lilli nach.

»Nein, das muss kurz danach gewesen sein. Die Kirchengänger waren schon alle weg. Mich wundert auch, dass der Herr Kulturreferent nichts mitbekommen hat«, fuhr sie fort.

»Wieso, der war doch schon nach Graz zurückgefahren.« Hilde war sich nicht sicher, ob Else kurz verwirrt war.

»Scheinbar doch nicht. Denn lustigerweise habe ich ihn auf dem Weg zum Mausoleum plötzlich vor mir gesehen, wie er Richtung Kirche ging und dann rechts direkt vor der Kirche weiter zum Pfarrhaus.«

Die drei Freunde hörten wurden hellhörig. »Und er hat dich nicht gesehen?«, fragte Hilde nach. »Nein, ich war einige Meter hinter ihm. Bestimmt hat er mich nicht gesehen, sonst hätte er ja gegrüßt. Er ist so ein feiner, außerordentlich freundlicher Mensch. Es war außerdem dunkel. Ich habe mich eh gewundert, dass er wieder zurückging. Sein Zug war da schon längst abgefahren. Vielleicht hatte er auch etwas vergessen.« Die drei Freunde waren perplex. »Ich weiß jetzt gar nicht, wer nun die Festschrift fertigstellen wird.«

»Was denn für eine Festschrift?«, hörte Hilde das zum ersten Mal.

»Nächstes Jahr wird die Markterhebung von Ehrenhausen gefeiert. Das sind dann 400 Jahre Markt Ehrenhausen. Und Mitzi hat gerade an der Festschrift dafür geschrieben.« Dann begann Else zu flüstern, damit niemand rundherum etwas hören konnte: »Ursprünglich wollte unbedingt die Lena Gruber die Festschrift verfassen.«

»Wieso die?«, fragte Hilde nach.

»Weil die ein Geschichtsstudium hat. Aber Mitzi ließ sich das nicht nehmen, zu Recht, wie viele meinten. Schließlich hat sie sich viel länger schon im Kulturverein engagiert und seit einiger Zeit intensiv um das Archiv gekümmert. So, jetzt entschuldigt mich bitte. Mir wird langsam kalt. Habt noch einen schönen Aufenthalt.«

»Ich kann sehen, dass dein Kopf raucht.« Hilde bemerkte, dass Lilli entgeistert dastand und überhaupt nicht mehr wusste, was sie denken sollte. Alles gehörte irgendwie zusammen, aber wie? Arthur hätte sich noch Stunden mit den Ehrenhausenerinnen unterhalten können. Er war enttäuscht, als dann Wein und Weißbrot ausgegangen waren. Gerade als sie sich wieder auf den Weg Richtung Hotel machen wollten, hielt Anni sie auf. »Hast du noch einen Moment, Lilli?«
»Ja, sicher. Für dich doch immer.«

»Der Herr Pfarrer hat gemeint, dass es gut wäre, wenn wir der Polizei Bescheid geben, dass die Schlüssel einfach so wieder aufgetaucht sind.«
»Habe ich doch gleich gesagt. Das ist eine wichtige Info für die Polizei«, stellte Arthur bestärkt fest.
»Ja, und stellt euch vor: Da ist ein Schlüssel dran, von dem keiner weiß, wem er gehört.«
»Zum Pfarrhaus gehört er nicht?«
»Nein, das ist der Schlüssel von einem Bankschließfach.« Lilli erzählte ihr noch von Elses seltsamer Beobachtung bezüglich des Kulturreferenten. »Also ich habe ihn weder während noch nach der Abendmesse gesehen. Ich bin nach dem Zusammenräumen der Sakristei gleich gegangen, weil ich zur Sitzung vom Kulturver-

ein musste. Auch der Herr Pfarrer ist sofort nach der Abendmesse zu sich nach Hause nach Gamlitz gefahren und gar nicht mehr ins Pfarrhaus gegangen. Vielleicht hat sich die Else auch getäuscht und hat ihn mit jemand anderem verwechselt. Du weißt, in der Nacht sind alle Katzen schwarz.«

Die drei Freunde schlenderten über den Platz vor der Kirche Richtung Gemeindeamt. Abends strahlte der Ortskern durch die Beleuchtung des Kirchturms und des Rathauses eine ganz besondere Atmosphäre aus. Man fühlte sich dadurch fast zurückversetzt in die Zeit, als die Eggenberger hier herrschten. Als sie zum beleuchteten Mausoleum hinaufschauten, schienen die beiden riesigen Steinfiguren rechts und links vom Eingang besonders bedrohlich auf sie herabzublicken. »Wozu hat denn Mitzi ein Schließfach gebraucht?«, rätselte Hilde auf dem Nachhauseweg herum. »Vielleicht hatte sie eine Münzsammlung oder wertvollen Schmuck, den sie nicht im Pfarrhaus herumliegen lassen wollte«, fand Lilli gleich plausible Erklärungen. »Es gibt viele Gründe, warum jemand ein Schließfach braucht«, fügte Arthur gelangweilt hinzu. »So außergewöhnlich ist das auch wieder nicht.«

Die Erde des Gartens von Hildes Schuhe war schon am Abend eingetrocknet. Sie stellten fest, dass die getrocknete Gartenerde noch immer viel dunkler aussah als der trockene Dreck an Mitzis Stiefeln. »Sie muss irgendwo anders mit ihren Stiefeln herumgelaufen sein. Aber wenn ich es mir recht überlege, dann schauen meine Stiefel auch immer so aus, nachdem ich bei Regen in unserem Weingarten unterwegs war«, wurde Hilde plötzlich bewusst. Arthur schaute griesgrämig drein, weil er wusste, dass diese Erkenntnis nichts Gutes für seinen Urlaub verheißen würde.

10 AUF GRAZ FOHRN

Sie parkten in der Tiefgarage eines großen alteingesessenen Kaufhauses in der Grazer Innenstadt. Lilli wies darauf hin, dass man dort auf der Dachterrasse bei traumhaftem Ausblick wunderbar speisen konnte. Arthurs Augen begannen zu strahlen. »Nix da, lieber Arthur, zuerst die Arbeit, dann das Vergnügen«, schaute ihn Hilde mit einem strengen Blick an. Auf dem Hauptplatz von Graz, dieser südländisch anmutenden Stadt mit ihrer wunderschönen zu Fuß gut erkundbaren Altstadt, tummelten sich viele Menschen. Die drei Freunde schlenderten vom Kaufhaus Richtung Hauptplatz und bogen links in die Sporgasse bergauf ein. Auf halber Höhe fanden sie das kleine, aber feine Antiquitätengeschäft *Galerie Klein& Co. Antiquitäten, Restaurierung und Entrümpelungen.* An der Tür war ein Schild angebracht, »Komme gleich!«. Sie schauten durch die schmalen Schaufenster in das Innere des Ladens. Da waren riesige Gemälde, verschiedene *Thonet* Sessel, silberne Kerzenleuchter und auffallend viele Engel und Putten in allen Größen und Posen. »Faszinierend«, zeigte sich Hilde, die ein Faible für Antiquitäten hatte, begeistert. Sie warteten eine Weile, aber es kam niemand. Hilde schlug daher vor, die Sporgasse weiter hochzugehen, in die Burggasse einzubiegen, vorbei an der ältesten Bäckerei der Stadt, und dann weiter hinauf bis zum Grazer Dom zu spazieren.

Als sie zurück zum Antiquitätenladen kamen, war das »Komme gleich!«-Schild weg. Doch die Tür war verschlossen. Gerade als sie anläuten wollten, sahen sie, dass sie jemand bereits bemerkt hatte. Eine zierliche Frau, sehr gepflegt und top gekleidet, öffnete ihnen. Sie hatte ihre dunklen Haare zu einem Knoten zusammengebunden. Am Handgelenk trug sie eine rosafarbene *Rolex*, die Hilde sofort ins Auge stach. »Was kann ich für Sie tun?«

»Haben Sie immer die Tür verschlossen?«, fragte Hilde gleich direkt und ungeniert.

»Ja, sicher. Sie glauben gar nicht, wie viele Diebe hier herumlaufen. Da muss man sich schützen. Gerade bei solchen wertvollen Sachen.« Lilli gab es einen Stich, als die Frau zu sprechen begann. Unweit von hier hatte ihr langjähriger Freund gelebt. Dieser Grazer Akzent war unverkennbar und erinnerte sie an alte Zeiten und eine stürmische, aber letztendlich unglückliche Liebe.

»Wir interessieren uns für *Thonet* Sessel«, lenkte Hilde das Gespräch in Richtung Kunst. Lilli war immer erstaunt über Hildes rasche situationsgerechte Handlungen, die sie schon oft weitergebracht hatten.

»Da haben Sie Glück. Wir haben gerade eine Hausentrümpelung, besser eine Wirtshausentrümpelung in der Südsteiermark durchgeführt.«

»Und da findet man so etwas?«, zeigte sich Hilde verwundert.

»Ja, die waren alle in einem Saal, der für Bälle und Hochzeiten genutzt wurde. Der neue Besitzer wusste nichts damit anzufangen und hat sie uns verkauft.«

»Wo in der Südsteiermark, wenn ich fragen darf?«, wollte Lilli es genau wissen.

»In Ehrenhausen.«

Hilde zwickte Arthur kurz ins Bein. »Und wo genau in Ehrenhausen?«, ließ sie nicht locker.

»Im Wirtshaus *Zum Goldenen Löwen*, wenn Sie es genau wissen wollen«, antwortete die Händlerin etwas genervt.

»Ah, *Zum Goldenen Löwen*! Auf diesen Stühlen habe ich als Kind mit der Enkelin der damaligen Besitzerin gespielt«, erinnerte sich Lilli.

»Und historisch interessant ist, dass in diesem Gasthaus sogar Kaiserin Maria Theresia auf einer Durchreise mit ihrem gesamten Tross übernachtet haben soll und ...« Hilde wollte gerade weiter ausführen, da traf sie ein kurzer strenger Blick von Lilli, und sie verstummte schlagartig. »Das ist aber ein Zufall! Nur deswegen kann ich Ihnen den aber auch nicht schenken«, wandte die Geschäftsfrau halb scherzend, halb klarstellend ein. Als Arthur sich dann noch auf einen *Thonet* Sessel setzen wollte, um auszuprobieren, ob er angenehm zum Sitzen war, wurde die Frau sogar etwas ungehalten. »Was glauben Sie, wenn sich jeder da draufsetzen würde!«, herrschte sie ihn grimmig an.

»Sagen Sie, Sie machen doch auch Renovierungsarbeiten für Schlösser und Kirchen, habe ich auf Ihrer Website gelesen, nicht wahr?«, versuchte Hilde die Situation wieder auf eine sachliche Ebene zu bringen.

»Ja, genau. Wieso fragen Sie?«

»Ist zufällig geplant, in der Pfarrkirche Ehrenhausen etwas zu renovieren?«

»Nicht, dass ich wüsste«, antwortete sie wie aus der Pistole geschossen. »Wie kommen Sie da drauf?«

Hilde wollte aus strategischen Gründen nicht direkt die von Lilli am Chor gefundene Visitenkarte ansprechen. Daher sagte sie: »Es wurde ja schon lange nichts mehr in der Pfarrkirche renoviert, und da dachte ich, es wäre höchst an der Zeit«, antwortete Hilde so, als hätte sie da etwas mitzureden.

»Also, Sie wollen einen *Thonet* Sessel«, ging die Galeristin nicht weiter darauf ein.

»Ach, wissen Sie, ich wüsste nicht, wie ich den nach New York mitschleppen sollte«, versuchte Hilde, einen Rückzieher zu machen.

»Machen Sie sich mal darüber keine Gedanken! Wir haben schon viele Stücke, auch richtig wertvolle, nach Übersee fliegen oder verschiffen lassen. Mit der richtigen Versicherung ist das alles kein Problem.«

»Ich werde es mir überlegen. Aber vielleicht verraten Sie mir zuerst noch den Preis«, suchte Hilde den Ausweg.

»1.000 Euro.«

Arthur entfuhr ein »Uff.«

»Wissen Sie eigentlich, was Sie dafür auf Auktionen hinlegen müssen? Das ist ein Schnäppchen, wenn Sie so wollen.«

Hilde bedankte sich für die Auskunft. Sollte sie sich dafür entscheiden, würde sie sich vor ihrer Rückkehr nach New York bei ihr melden. »Wenn Sie wollen, kann ich Ihnen auch die anderen *Thonet* Sessel zeigen, die wir von dem Wirtshaus in Ehrenhausen mitgenommen haben.« Die Galeristin wollte scheinbar Hildes Gusto schüren. Sie bat die drei Freunde in einen Raum im hinteren Geschäftsbereich. Da sah es wie in einer Rumpelkammer aus. Überall standen alte Kästen, Sessel, Betten und Bilder durcheinander herum. »Hier stehen viele Möbel, die noch restauriert werden müssen. Die *Thonet* Sessel sind aber tadellos«, erklärte sie, als sie den irritierten Blick der drei Freunde sah. Hilde begutachtete ein paar weitere Sessel: »Könnten Sie vielleicht mehr Licht aufdrehen? Ich tu mir nämlich in der Dunkelheit schwer, die Sessel genau anzusehen.«

»Kein Problem!« Die Galeristin drehte das gedimmte Licht voll auf. In dem Moment kam alles im Raum erst so richtig zur Geltung. Lillis Blick fiel auf einen alten Schreibtisch, der offenbar noch benützt wurde. Darauf lagen viele Bücher, wobei einige aufgeklappt waren. Während Hilde mit Arthur die *Thonet* Sessel inspizierte, blätterte Lilli die Bücher durch. Es waren die meisten davon über Kunstwerke des Barock. Lilli hätte stundenlang darin schwelgen können. Die Galeristin überreichte Hilde ihre Visitenkarte und verabschiedete sich freundlicher, als sie die drei Freunde zu Beginn begrüßt hatte. Offensichtlich witterte sie ein Geschäft, das sie sich nicht vermasseln wollte.

»Wirklich weitergekommen sind wir nicht«, stellte Arthur knapp und bestimmt fest.

Hilde tat so, als würde sie seinen Kommentar gar nicht hören, und schlug vor: »Wie wäre es jetzt mit einem Spaziergang durch Graz?« Lilli hob die Augenbrauen und warf Hilde einen fragenden Blick zu. »Ohne meine Expertise als Tourguide natürlich.« Lilli und Arthur atmeten erleichtert auf. Sie spazierten die Sporgasse wieder hinunter und zweigten links ab, um Richtung Mehlplatz zu gehen und sich in einem der netten Lokale dort eine Erfrischung zu gönnen. Es war klar, dass Arthur auf einem richtigen Mittagessen bestand. Schließlich war das fulminante Frühstücksbuffet im Hotel vier Stunden her. Er studierte akribisch die Speisekarte. »Da gibt es sogar Wein aus der Südsteiermark«, zeigte er sich verblüfft. Lilli und Hilde wussten nicht, wie Arthur das meinte.

»Na schau, wer da gerade aus dem Haus gegenüber herausspaziert«, zeigte Hilde zum gegenüberliegenden Hauseingang.

Lilli und Arthur drehten sich blitzartig um. »Ich sag es ja, der Prammer verfolgt uns«, wandte sich Lilli genervt ihren Freunden zu.

»Wer soll das sein?«, war Arthur nicht im Bilde.

»Ein Architekt aus der Südsteiermark, den Lilli kennt und der immer wieder auftaucht, wo wir uns auch gerade befinden. Der stand als Kontakt auf der Website für dieses neue Luxushotel, wie du uns vorgelesen hast.«

»Vielleicht stalkt er euch?«, lachte Arthur schelmisch.

»So unwichtig, wie wir für den sind, hat er sich bestimmt nicht gemerkt, dass wir einander immer wieder zufällig über den Weg laufen«, war sich Hilde sicher. Neugierig, wie sie nun einmal war, fügte sie hinzu: »Ich würde zu gern wissen, was er in dem Haus gegenüber zu tun hatte.« Sobald der Architekt in der Passage, durch die man vom Mehlplatz in die Herrengasse gelangte, verschwunden war, sprang sie auf und erkundete beim gegenüberliegenden Haus die Namensschilder. Lilli und Arthur fanden das peinlich. »Also, ich kenne da niemanden. Alles hauptsächlich Rechtsanwälte und Notare, die in diesem Haus ihre Büros haben«, rief sie ihren Freunden laut über den Mehlplatz zu. Lilli und Arthur reagierten erst gar nicht darauf. »Bei den vielen Geschäften und Aufträgen, die er zu tätigen hat, wundert mich das überhaupt nicht. Aber lassen wir das. Er hat schon genug Aufmerksamkeit von uns bekommen«, wollte Lilli das Thema abschließen.

Arthur wandte sich seinen Cevapcici zu. »Das brennt ja richtig auf der Zunge!«, brachte er gerade noch raus und nahm sofort einen ordentlichen Schluck von seinem Bier.

»Dann hast du eine scharfe Variante serviert bekommen, die erahnen lässt, dass der Balkan nicht weit weg ist«, klärte Hilde ihren Freund augenzwinkernd auf. »Küss mich heute ja nicht!«, warnte sie ihn angesichts der großen Portion Zwiebeln, die zu den Cevapcici serviert worden waren.

»Normalerweise bekommt man einfach eine Semmel dazu, wie zum Beispiel am Land bei den Festen. Pommes als Beilage, wie du sie serviert bekommen hast, ist typisch für Gasthäuser«, stellte Lilli fest. Hilde schnappte, ohne zu fragen, gleich ein Kartoffelstäbchen von Arthurs Teller, um zu kontrollieren, ob die schön knusprig waren. Als sie sich ein weiteres Mal von Arthurs Teller bedienen wollte, klopfte er ihr auf die Finger. »Und was ist das?«, deutete Arthur auf ein orangefarbenes Püree, »Ketchup kann das wohl nicht sein.«

»Das ist Ajvar«, klärte ihn Lilli auf, »eine Mischung aus gerösteten Paprikaschoten und Auberginen, abgeschmeckt mit Knoblauch.« Es sah so aus, als hätte Arthur gar nicht richtig zugehört, so vertieft aß er alles bis auf den letzten Bissen auf. Hilde konnte ihn gerade noch von sich wegdrücken mit den Worten »Untersteh dich!«, als er versuchte, ihr einen dicken Kuss auf die Wange zu drücken.

Auf der Rückfahrt nach Ehrenhausen erhielt Lilli einen Anruf von Anni: »Stell dir vor, die wissen jetzt, von welchem Schließfach der Schlüssel ist.«

»Erzähl schon!« Lilli drehte das Handy auf Lautsprecher. »Die Mitzi hat erst vor ein paar Tagen ein Schließfach in der Bank gegenüber der Kirche eröffnet.«

»Und, was ist drin?«, fragte Hilde ungeduldig nach.

»Die von der Kripo brauchen erst einen Gerichtsbeschluss, damit sie es öffnen dürfen.« Die drei sanken nach der Hochspannung frustriert in sich zusammen.

»Sobald ich weiß, was Mitzi dort aufbewahrt hat, melde ich mich wieder.«

11 TEIFL, TEIFL

Die Abendsonne war fantastisch, und so beschloss Arthur, dieses außergewöhnliche Licht mit seiner Kamera einzufangen. Er startete beim Hotel selbst und schlenderte am beheizten Pool entlang. Der Dampf über dem Wasser gemeinsam mit dem alles überstrahlenden orangerosafarbenen Licht der Abendsonne tauchte die Kulisse aus Weinbergen im Vordergrund und den Alpen am Horizont in eine ganz spezielle Atmosphäre: Dieser Anblick ließ das Herz des passionierten Fotografen höher schlagen. Er konnte nicht genug davon bekommen und spazierte weiter an den zum Hotel gehörigen Apartments vorbei, den Weingarten hinunter in den Ort. Dieses Licht war es ihm sogar wert, ein weiteres Mal den steilen Weg hinauf zum Mausoleum zu gehen. Zufällig sah er, wie eine kleine Gruppe das Grundstück, auf dem das manieristische Gebäude stand, durch das Tor in der steinernen Balustrade betrat. Da schließe ich mich doch an, dachte sich Arthur und konnte sein Glück gar nicht fassen. Else, die Fremdenführerin, geleitete doch tatsächlich die Gruppe in das Innere des Mausoleums, das ansonsten immer verschlossen war. Sie war so sehr in ihrem Element, dass sie Arthur gar nicht bemerkte. An Elses Ausführungen war er nicht weiter interessiert. Sein Motiv, spontan an der Führung teilzunehmen, war ein anderes, denn in einer Grabstätte hatte er noch nie fotografiert. So etwas konnte man sich doch nicht entgehen lassen.

Lilli und Hilde hatten sich in der Zwischenzeit im Hotel etwas ausgeruht. »Wieso hebt Arthur nicht ab? Wir wollten doch gemeinsam essen gehen«, wirkte Hilde genervt.

»Vielleicht will er einfach seine Ruhe haben. So lieb er uns hat, aber damit hat er nicht gerechnet, dass wir uns in seinem Urlaubsdomizil einquartieren«, fand Lilli eine mögliche Erklärung.

»Wenn du meinst. Dann gehen wir halt allein essen.«

Lilli und Hilde nahmen nach dem Abendessen einen Espresso auf der Terrasse neben dem Hoteleingang ein. Da staunten die beiden nicht schlecht, als ein Polizeiauto direkt vor dem Eingang anhielt. »Ermitteln die etwa schon nachts?«, wunderte sich Lilli.

»Nein, sie bringen jemanden, den wir kennen!«, erkannte Hilde auf den zweiten Blick die Person auf der Rückbank. Eingehüllt in Decken, sprangen die beiden gleichzeitig auf und rannten schnurstracks Richtung Polizeiauto. »Arthur, was hast du denn schon wieder angestellt?«, fragte Hilde ihren Freund, der kreidebleich und etwas mitgenommen wirkte.

»Wieso *wieder*?«, schaute der Polizist Hilde fragend an. »Bis jetzt ist der Herr bei uns noch nicht amtsbekannt.«

Lilli kniff ihrer Freundin in die Flanke, damit sie kein Wort mehr sagte. »Sind Sie mit Herrn Hawlicek bekannt?«, fragte der Polizist in strengem Ton.

»Na, was heißt!«, entfuhr es Hilde und »Jetzt erzähl schon, Arthur! Was ist passiert?« Lilli deutete Hilde, sachte mit Arthur zu reden und ihm Zeit zu geben.

»Der Herr Hawlicek ist etwas unterkühlt. Und er wird wohl auch etwas zu essen und zu trinken brauchen«, klärte sie der Polizist über den körperlichen Zustand ihres Freundes auf. Arthur wirkte verängstigt und brachte noch keinen Ton heraus. »Wir empfehlen uns.« Sie überließen ihren Schützling der Obhut seiner beiden Freundinnen. Und zu Arthur sagte der andere Polizist grinsend: »Und das nächste Mal bitte mit Anmeldung.«

»Ich war eingesperrt«, erklärte Arthur knapp.
»Wo, bitte schön?«, verstand Hilde nur Bahnhof.
»In dem Gebäude da drüben.«
»In welchem?«, fragte Lilli ungläubig nach. Arthur deutete Richtung Mausoleum. Hilde wusste nicht, ob sie lachen durfte. Es war jetzt wohl nicht angebracht. Lilli, ganz ihre Art, brachte Arthur sofort ein Glas Wasser. Er nahm ein paar Schluck. »Einen Schnaps hätte ich jetzt eher nötig.« Arthur schilderte mit einer noch immer etwas zittrigen Stimme, was ihm widerfahren war. »Ich hatte das Glück, mit einer Reisegruppe in das Mausoleum zu gehen. Um die Ausführungen von Else habe ich mich gar nicht gekümmert. Ich war so fasziniert von den Kunstschätzen, die ich vor meine Linse bekam, dass ich gar nicht bemerkt habe, dass es schon dunkel geworden war. Mir war eh bewusst, dass das eine Grabstätte ist. Darauf weisen vier Figu-

ren hin, die Symbole des Todes tragen: ein Totenkopf, ein Stundenglas, eine verrauchende und eine erloschene Fackel. Und dann habe ich plötzlich bemerkt, dass es auch außerordentlich still geworden war. Da war mir klar, dass es wohl auch für mich an der Zeit war, das Mausoleum zu verlassen. Aber leider ließ sich die Tür nicht mehr öffnen.«

»Wieso hast du uns nicht angerufen?«, fragte Hilde nach dem Naheliegendsten.

»Mein Handy war plötzlich leer. Ich habe nämlich noch mit der Taschenlampe herumgeleuchtet, weil es schon dunkel wurde und ich diese wunderbare Innenausstattung ganz genau betrachten und fotografieren wollte.« Nach Eierschwammerlgulasch mit Semmelknödel und einem Glas Sauvignon Blanc war Arthur wieder einigermaßen fit. Auch eine Riesenportion Kastanienreis mit Schlagobers, das im Hotelrestaurant selbstverständlich vollständig aus echten Kastanien hergestellt und nicht, wie leider mancherorts geschwindelt, mit Bohnenpüree verlängert wurde, ließ er sich schmecken. »Ihr könnt euch nicht vorstellen, wie gruselig es in so einem Mausoleum ist. Noch dazu ist derzeit die Gruft offen, weil Renovierungsarbeiten durchgeführt werden«, erklärte Arthur, der beim Gedanken daran wieder erschauderte.

»Und was zum Teufel hätte passieren können, wenn die Gruft offen ist?«, verstand Hilde nicht. »Teufel, das ist das richtige Stichwort. Ich glaube normalerweise nicht an Geister, aber in diesem Mausoleum, sei mir nicht bös, da hat es mir den Rücken rauf- und runtergeschaudert. Die ganze Zeit hat es irgendwo geknackst, und ich habe noch andere Geräusche gehört.«

»Das waren bestimmt nur Mäuse«, versuchte Lilli, die Situation zu normalisieren, und lenkte das Gespräch in Richtung positiven Ausgang von Arthurs Abenteuer: »Und wie bist du wieder rausgekommen?«

»Von allein eben gar nicht«, war er noch immer etwas aufgeregt. »Ein Pärchen, das einen romantischen Abendspaziergang zum Mausoleum gemacht hat, hat mein Rufen, besser gesagt, mein Schreien gehört. Die haben die Polizei angerufen, weil sie zuerst dachten, ich sei ein Einbrecher, der sich selbst eingesperrt hat. Und die Polizei hat dann den Schlüssel von Else geholt und mich befreit.« Jetzt konnte sich Hilde nicht mehr halten und musste loslachen. »Das ist nicht witzig.« Hilde verstummte blitzartig.

»Du hast recht Arthur, nicht auszudenken, wenn du in der Gruft bis zum nächsten Morgen hättest schlafen müssen«, platzte es gleich wieder aus Hilde schallend vor Lachen heraus. Arthur weigerte sich, diese Nacht allein zu verbringen. »So etwas muss man mal verdauen. Hilde, du schläfst bei mir im Zimmer auf dem ausziehbaren Sofa.« Hilde verstand, dass es ihm ernst war. »Außerdem habe ich noch etwas entdeckt. Aber das erzähle ich euch morgen.« Arthur liebte es, seine Freundinnen auf die Folter zu spannen. Sie wussten, dass er nichts herausrücken würde, egal, was sie ihm bieten würden. Arthur konnte auf seine Art sehr standhaft sein.

Lilli und Hilde waren beim Frühstücksbuffet früh dran. Schließlich wollten sie bei ihren Ermittlungen ein gutes Stück weiterkommen. Sie hatten Glück und ergatterten den letzten freien Tisch an der Glasfront. Wie eine Theaterkulisse breiteten sich vor ihren Augen das Schloss, das Mausoleum, der Kirchturm und das Georgi Schloss auf dem Hügel Richtung Weinleiten, eine Siedlung, die sich bis nach Gamlitz erstreckte, auf. Die ersten Sonnenstrahlen färbten den hochsteigenden Nebel und die vorbeiziehenden Wolken in zarte Grau- bis Violetttöne. Nach und nach stieg die Sonne höher und erreichte bald die historischen Gebäude, die so intensiv angestrahlt wurden, dass sie goldfarben zu leuchten begannen. Lilli und Hilde waren beide kurz verstummt und starrten fasziniert auf dieses Naturschauspiel. Manche Gäste begaben sich eiligst auf die vorgelagerte Terrasse, um dieses goldene, fast unwirkliche wirkende Licht mit ihrem Mobiltelefon einfangen zu können. Sie waren sich nicht sicher, ob Arthur nach seinem gestrigen Erlebnis überhaupt mit Blick auf das Mausoleum sitzen wollte. »Wo bleibt er denn nur? Wie ich das Zimmer verlassen habe, hat er sich gerade angezogen«, wurde Hilde ungeduldig.

»Wie war es auf dem Sofa?«

»Eh okay! Allerdings wusste ich nicht, dass Arthur schnarcht.«

»Vielleicht hat das ja mit der Flasche Sauvignon Blanc zu tun, die er fast ganz allein geleert hat.«

»Also ich hole mir schon mal etwas zu essen.« Es dauerte jedoch nur drei Sekunden, da war Hilde schon wieder am Tisch und schaute etwas verdutzt drein.

»Wieso holst du dir nichts?«

»Bitte geh du mal zum Buffet und sag mir, ob ich Halluzinationen habe.« Lilli wurde neugierig, stand schließlich auf und spazierte vorsichtig Richtung Buffet. Sie konnte kaum ihren Augen trauen. Arthur stand am Schauherd, wo normalerweise ein Mitarbeiter stehen sollte, und bereitete mit Genuss und guter Laune sein Omelett zu. »Arthur, was machst du da? Du kannst doch nicht so einfach …«

»Wieso? Es kam lange niemand, und ich habe schon zwei Frühstücke lang zugesehen, wie das gemacht wird. Also …« Weiter kam Arthur nicht, denn da hatte ihn Lilli bereits am Arm gepackt und mit zum Tisch gezogen. Freilich gelang es Arthur gerade noch, sein selfmade Omelett mitzunehmen. Hilde schaute auf die Riesenportion und war überrascht, dass Arthur so etwas kochen konnte. »Hat dich jemand gesehen?«

»Vom Personal war eben keiner da. Aber ein Gast wollte bei mir ein Omelett bestellen. Da habe ich ihn auf später vertröstet. Er hat gemeint, das sei schade, weil meines noch besser aussieht als seines gestern.« Arthur war sich keiner Schuld bewusst und machte sich mit Genuss an sein deftiges Frühstück. »Schmeckt heute auch noch besser.« Lilli und Hilde versuchten, streng dreinzuschauen. Doch das gelang ihnen nicht.

»Jetzt aber zu dem, was du uns gestern vorenthalten hast, mein Guter!« Hilde schaute Arthur durchdringend an: »Wolltest du uns nicht noch etwas erzählen wegen gestern?« Arthur aß genüsslich weiter und ließ seine beiden

Freundinnen ein paar Augenblicke länger zappeln. Endlich machte er Anstalten zu antworten. In dem Moment kam jemand von Servicepersonal, um nachzufragen, ob sie noch gerne Kaffee hätten. Hilde war am Zerplatzen vor Neugier. »Ja, also ich hätte gerne einen Cappuccino. Und was ist mit euch?« Als er sah, dass sich Hildes Augen nun von durchdringend in Richtung »Wenn Blicke töten könnten …« veränderten, ließ er endlich die Katze aus dem Sack: »Ihr werdet es nicht glauben, wer die Renovierungsarbeiten im Mausoleum macht.«

»Der Architekt Prammer.«

»Nein.«

»Die Gemeinde.«

»Nein.«

»Das Land Steiermark.«

»Na, denkt doch mal ein bisschen nach.«

Hilde hatte plötzlich eine Eingebung. »Ah, ich weiß schon, die aus Graz, na, die Dingsda, wie heißt sie doch gleich. Die Galeristin!«

»Ja, genau, die Klein.«

»Und woher weißt du das?«

»Ihr Logo war auf den Geräten und auf dem Arbeitsmaterial zu lesen, die für die Renovierung verwendet werden.«

»Das hat sie uns gar nicht erzählt. Die ist hier in der Südsteiermark sehr gut im Geschäft, wie es scheint«, stellte Lilli fest.

»Und das ist alles?«, schaute Hilde ihn enttäuscht an.

»Ja, wieso?«, wunderte sich Arthur und stand auf, um sich noch etwas vom Frühstücksbuffet zu holen.

»Wie dem auch sei. Wir sollten uns wieder unseren Ermittlungen zuwenden«, befand Lilli etwas frustriert. Sie beschlossen, nach dem Frühstück den Rundwanderweg Nummer 4 zu gehen, um auf neue Gedanken zu kommen. Sie wanderten vom Hotel weg über einen Weg entlang eines Waldes, dann den Berg hinauf zu einem alten halb verfallenen Bauernhaus. Weiter ging es am Kamm des Berges entlang, von wo aus sie nach Südwesten hin eine neue Perspektive auf die Südsteirische Weinstraße präsentiert bekamen und auf der anderen Seite einen wiederum neuen Ausblick Richtung Südoststeiermark. Sie waren überrascht, was sich da für ein Naturparadies vor ihnen auftat, und das abseits der berühmten Südsteirischen Weinstraße. Wo man hinsah, nichts als Wiesen und Wälder. Sie waren fast erschrocken, als auf dem Weg direkt vor ihnen ein paar Rehe, die sich im Dickicht neben dem Weg befunden hatten, in den nächstgelegenen Wald liefen. Hie und da ließen sich auch Feldhasen blicken. Sie wanderten weiter den Berg auf der anderen Seite hinunter und kamen an einer Mühle vorbei, bei der man die verschiedensten Mehlsorten kaufen und auch an Backworkshops teilnehmen konnte. Anschließend überquerten sie die Bahngleise über einen unbeschrankten Bahnübergang, gingen ein paar Meter die Schnellstraße entlang und bogen links Richtung Murweg ab. Dann gingen sie noch eine halbe Stunde entlang der Mur Richtung Norden bis nach Ehrenhausen zurück. Sie waren erstaunt, dass sie unterwegs kaum jemanden trafen. Je näher sie nach Ehrenhausen kamen, umso klarer wurde ihnen, dass sie für ihre weiteren Ermittlungen handfeste Informationen wohl nur im Archiv der Marktgemeinde erhalten würden. »Ich glaube, es versteht sich von selbst, dass man sich jedoch davor stärken muss, auch wegen dieser kräfteraubenden Wanderung«, wollte Arthur sichergehen, dass seine beiden Freundinnen auf keine falschen Gedanken kamen und gleich ins Archiv stürmten.

12 NIX GENAUES WASS MA NET

Als sie das Gasthaus am Hauptplatz betraten, verstummten der Lärm und das Gemurmel, das sie schon von draußen gehört hatten. Gefühlte 100 Augen schauten sie gleichzeitig an. Alle grüßten unisono und wandten sich dann wieder ihren Gesprächen untereinander zu. Das Wirtshaus hatte sich seit Lillis Jugendzeit kaum verändert. Die schweren Holztische, die klobigen Sessel und die gediegenen Holzpaneele an den Wänden waren noch von früher. Die hatten wohl schon antiquarischen Wert. Selbst die Lampen an der Decke spendeten dasselbe heimelige Licht wie damals. Als sie sich hinsetzten, kam gleich die Wirtin und nahm die Bestellung auf. »Hallo, Hilde«, hörten sie jemanden vom Stammtisch sie grüßen. Hilde drehte sich um und erkannte Josef, den Nachbarn der Frau Marko.

»Hallo, Josef, so ein Zufall! Magst du dich nicht zu uns setzen?«

»Nein, tut mir leid, keine Zeit. Ich hab noch viel zu tun. Du weißt eh, jetzt ist Lesezeit. Ein anders Mal gerne.« Er zahlte und war schnell verschwunden.

Hilde fragte die Wirtin ungeniert: »Kommt der Josef auch regelmäßig zum Stammtisch?«

»Ja freilich, der arme Josef.«

»Wieso ist der arm?«

»Der kann einem nur leidtun. Jahrelang hat er sich um das Weingut der Frau Marko gekümmert und auch um sie persönlich. Alle Behörden- und Arztwege hat er mit ihr gemacht. Und dann möchte die Frau Marko ihm alles vermachen, und bevor sie das per Testament festhalten kann, stirbt sie.« Lilli und Hilde waren hellwach. Nur Arthur verharrte weiter in gebückter Haltung und studierte interessiert die Speisekarte.

»Hat er nichts in der Hand?«, wollte Lilli wissen.

»Nein. Er glaubt, dass die Frau Marko dahingehend schon etwas in die Wege geleitet und der Neffe das vereitelt hat. Aber ich weiß natürlich nichts Genaues. Die Leute reden halt darüber.«

»Jetzt wissen wir, warum der Josef auf den Neffen so sauer ist«, raunte Hilde Lilli zu.

»Worum geht es?« Arthur schaute auf, denn er hatte seine Wahl getroffen und überzeugte auch seine beiden Freundinnen, ein Gulasch mit Semmeln zu bestellen. In den Wirtshäusern der Gegend konnte man sicher sein, ein richtig gutes, oftmals aufgewärmtes serviert zu bekommen. Zu Hause konnte das nie so gut schmecken.

Kaum hatten sie das Gulasch verspeist, machte ihnen die Wirtin den Mund gleich wieder wässrig. »Darf's noch etwas sein? Vielleicht etwas Süßes? Ein Apfel- oder Topfenstrudel oder eine Maronischnitte?«

Ohne sich auf Diskussionen einzulassen, bestellte Hilde: »Ja, dann drei Maronischnitten und drei Verlängerte mit Milch bitte«, und im selben Atemzug: »Und, sagen Sie, der Neffe der Frau Marko hat jetzt das Ganze geerbt?«, fragte Hilde ungeniert und ohne mit der Wimper zu zucken weiter.

»Also, die eine Hälfte gehört jetzt ihm und die andere seiner Schwester, also der Nichte der Frau Marko.«

»Und ist er dort eingezogen?«, klang Hilde fast wie beim Verhör.

»Nein, er macht daraus ein Luxusweinhotel gemeinsam mit dem Architekten Prammer. Haben Sie noch nicht das Riesenwerbeplakat an der Hauptstraße Richtung Gamlitz gesehen?« Die drei kamen aus dem Staunen nicht heraus.

»Jetzt wissen wir, welche Baupläne der Neffe studiert hat«, fühlte sich Lilli bestätigt.

»Warum werden hier überall Hotels gebaut? Gibt es nicht schon genügend Betten für die Gäste?«, klinkte sich nun Arthur in das Gespräch ein.

»Eigentlich schon, aber während der Pandemie, als man nicht ins Ausland fliegen konnte, sind immer mehr Gäste in die Südsteiermark auf Urlaub gefahren. Da war alles ausgebucht. Ob man jetzt nach der Pandemie noch mehr Hotelbetten braucht, kann ich nicht beurteilen.«

Ein älterer Herr vom Stammtisch begann, sich am Gespräch zu beteiligen: »Manche glauben, dass weiterhin sehr viele Gäste kommen werden, und versuchen, gerade im hochpreisigen Segment mitzumischen. Ob diese Rechnung aufgeht, wird sich zeigen.«

»Wir haben Gästezimmer mit Frühstück. Mehr können wir nicht bieten, weil wir kein Personal dafür bekommen«, ergänzte die Wirtin fast entschuldigend.

»Nur, was passiert, wenn die Hotelbetten leer bleiben und das Hotel dann Konkurs anmelden muss?«, dachte Arthur laut weiter.

»Dann kauft das ein Investor«, fuhr der Herr fort, »vielleicht aus dem Ausland, der zwar keinen Bezug zu unserer malerischen Gegend hat und auch nicht zu den Einheimischen, aber halt Rendite machen will. Wenn schon mehr Betten, dann halte ich mehr von gewachsenen Strukturen der Region, die ihre Wurzeln zu schätzen wissen. Denn dann, glaube ich, ist eher gewährleistet, dass die Weinhügel und Weingärten, Wälder und Wiesen erhalten bleiben und nicht zubetoniert werden.« Die drei Freunde hätten es sich nie gedacht, nur durch einen Wirtshausbesuch so viele neue Informationen zu erhalten. »Wenn man hier wohnt, braucht man keine Zeitung lesen, sondern nur zum Stammtisch zu gehen, und man ist voll informiert«, stellte Arthur verblüfft fest. Beim Verlassen des Wirtshauses spürten sie im Nacken, dass wieder gefühlte 100 Augen auf sie gerichtet waren.

Auf dem Rückweg zum Hotel nützte Lilli die Zeit, um ihre Ermittlungen weiter voranzutreiben. »Hallo, Anni. Du, ich habe da eine Frage. Wir haben gehört, dass es durch den Einbruch im Archiv ein großes Durcheinander gibt. Meine Freunde und ich wären bereit, beim Aufräumen zu helfen. Weißt du, an wen wir uns wenden sollen?«

»Das wollt ihr euch wirklich antun? Ihr seid doch hier auf Urlaub«, sprach Anni gleich alle an, denn sie wusste, sie würde bestimmt wieder auf Lautsprecher gestellt sein.

»Wenn ich schon einmal in meiner Heimat bin, dann kann ich mich doch auch nützlich machen.«

»Da spricht halt die Flugbegleiterin aus dir. Immer zu Diensten«, lachte Anni. »Na schön, ich kann bei Lena nachfragen.«

»Welcher Lena?«

»Die kennst du doch eh, die Gruber Lena. Das ist eine Kirchenchorsängerin bei uns. Sie hat Geschichte studiert und erst vor Kurzem ihren Doktor gemacht. Sie wird im Archiv die Arbeit unserer lieben Mitzi nun fortsetzen. Wann habt ihr vor zu kommen?«

»Morgen?«

»Okay, dann rufe ich Lena gleich an. Allein schafft sie das eh nicht, im Archiv wieder Ordnung hineinzubringen.«

Arthur schaute seine beiden Freundinnen verdutzt an: »Also mit mir hat das keiner abgesprochen. Ich dachte, ich bin hier auf Urlaub.« Lilli und Hilde wollten es sich mit ihm auf keinen Fall verscherzen. Er hatte schon genug Zeit von seinem Urlaub für ihre Ermittlungen im Mordfall Mitzi geopfert. Als sie im Hotel ankamen, konnten sie gar nicht so schnell schauen, da stand Arthur im Bademantel und mit Badetasche vor ihnen: »Auch euch würde es guttun, die Seele einmal so richtig baumeln zu lassen. Man sieht sich in der Sauna.« Und schon war er Richtung Spa-Bereich verschwunden.

Am nächsten Morgen tauchten Lilli und Hilde früh im Gemeindeamt auf. Auf Anni war halt Verlass. Im Sekretariat der Gemeinde wusste man Bescheid. Freundlichst wurden Lilli und Hilde ins Archiv geschickt, diesmal ganz offiziell. Als sie das Archiv betraten, war niemand zu sehen. Plötzlich tauchte aus dem Berg aus Unterlagen, Dokumenten und Büchern ein Kopf hoch. »Hallo, Lena! Anni hat uns angekündigt. Darf ich vorstellen, das ist Hilde, meine beste Freundin.«

Lena wirkte überfordert und ihre Stirn war gerunzelt. »Hallo, wir kennen uns ja«, und zu Hilde gewandt: »Sie kommen mir auch bekannt vor.«

»Kann sein, denn ich bin in Gamlitz aufgewachsen, war aber in Ehrenhausen einige Jahre Fremdenführerin, um mir neben dem Studium ein Taschengeld zu verdienen. Das ist aber schon einige Zeit her. Und bitte, wir können ruhig per Du sein, sonst komme ich mir uralt vor.«

»Jahrzehnte her, um genau zu sein«, lachte Lilli. Hilde schaute Lilli schief an. Um die Situation ein bisschen aufzulockern, versuchte Lilli Small Talk zu führen: »Und du übernimmst jetzt die Archivarbeiten von der Mitzi?«

»Ja, das ist eh alles so schrecklich. Ich kann es noch immer nicht glauben. Ich muss die ganze Zeit an sie denken. Deswegen bin ich auch nicht weitergekommen. Heute ist mein erster Tag hier.« Sie wirkte nervös und fahrig.

»Dann kommen wir gerade recht«, versuchte Hilde, sie aufzumuntern.

»Und ihr habt nichts Besseres zu tun bei diesem schönen Wetter?« Das klang so, als wäre sie nicht gerade erfreut über die Unterstützung.

»Nein, nein, das ist schon in Ordnung. Wir würden uns gerne etwas nützlich machen, nicht wahr, Hilde?« Lilli versuchte, mit einem etwas mahnenden Unterton ihre Freundin zu zügeln, die bereits auffallend neugierig im Archiv herumsuchte.

»Ich weiß ehrlich gesagt gar nicht, wo wir anfangen sollen. Mitzi war sehr weit mit ihrer Arbeit. Und jetzt ist durch den Einbruch wieder so viel durcheinandergekommen.« Sie beschlossen, alles, was herumlag, auf Stöße zu verteilen und das, was zusammengehörte, darauf zu stapeln. Es war unglaublich, was sich alles angesammelt hatte.

Irgendwann nach zwei Stunden stießen sie auf etwas Interessantes: »Na, da schau her! Da sind Unterlagen, Fotos und Dokumente von der verstorbenen Frau Marko. Ich wusste gar nicht, dass Frau Marko dem Archiv etwas überlassen hat«, war Hilde verblüfft. Sie zeigte den anderen ein altes Bild: »Schaut, da ist ein Bild von Frau Marko als Weinkönigin!«

»Hilde, und warum bist du nicht zur Weinkönigin auserkoren worden?«, fragte Lilli ernsthaft nach.

»Natürlich habe ich das Angebot erhalten, mich dafür zu bewerben. Das habe ich jedoch dankend abgelehnt, weil ich einfach nicht der Typ dafür bin.« Lilli lachte laut auf. Selbst Lena Gruber musste, wenn schon nicht lachen, schmunzeln.

»Aber was mich wundert, ist, dass sie alles dem Archiv in Ehrenhausen vermacht hat. Wieso nicht dem Archiv von Gamlitz?«, verstand Lilli nicht.

»Ich kann mir das nur so vorstellen, dass das damit zusammenhängt, dass sie in Ehrenhausen geboren und aufgewachsen ist. Erst als sie ihren Mann geheiratet hat, ist sie zu ihm auf sein Weingut nach Sulztal, das zu Gamlitz gehört, gezogen. Schau, das sind alles alte Fotos von Ehrenhausen«, mutmaßte Hilde, während sie in den Unterlagen und Fotos herumstöberte.

»Da dein Haus am gegenüberliegenden Hügel von dieser Frau Marko steht, wohnst du also auch in Sulztal?«, war sich Lilli nicht mehr sicher.

»Nein, ich wohne in Glanz, das auch zu Gamlitz gehört!«

»Mein Gott, ist das geografisch kompliziert, ich komme ganz durcheinander!«, schüttelte Lilli den Kopf. Und dann fanden sie einen Zeichenblock, in dem Frau Marko verschiedene Motive aus der Südsteiermark gezeichnet hatte. »Und dass Frau Marko so gut zeichnen konnte, wusste ich auch nicht«, wunderte sich Hilde. Auf mehreren Blättern waren verschiedene Entwürfe von einem Klapotetz zu sehen. Die sahen alle genauso aus wie derjenige auf dem Blatt, das sie das letzte Mal im Archiv gefunden hatten. »Daher stammt also das Blatt«, rutschte es Hilde raus. Lilli deutete ihr mit dem Zeigefinger auf dem Mund, nichts mehr zu sagen.

Irgendwo unter Frau Markos Vermächtnis an das Archiv lag eine Liste, auf der Mitzi alles aufgelistet und dokumentiert hatte, was aus der Verlassenschaft von Frau Marko ins Archiv gekommen war. Lilli und Hilde studierten die Liste akribisch. Dabei fiel ihnen auf, dass in einer Zeile nur eine Abkürzung verwendet wurde, nämlich »LV.« Sie durchsuchten den durchwühlten Haufen noch einmal, konnten aber nichts darin finden, was damit übereinstimmen hätte können. »Ist etwas nicht in Ordnung?«, erkundigte sich Lena, weil sie bemerkt hatte, dass Lilli und Hilde auf etwas Interessantes gestoßen sein mussten.

»Nein, nein, alles gut. Wir finden nur manches unglaublich spannend und bleiben dann hängen, weil das alles so interessant ist.« Lena wirkte nach dieser Antwort fast erleichtert. Wieso war dieses Dokument nicht zu finden? Mitzi hatte doch sonst alles sorgfältig dokumentiert. Lilli und Hilde sahen sich bedeutungsvoll an. Sie spürten beide, dass es wert war, dem intensiver nachzugehen. Nur wie? »Wir machen einfach weiter«, raunte Hilde Lilli zu. Sie erfüllten brav, worum sie Lena bat, und kamen zu dritt gut voran.

»Delivery!« Arthur stand plötzlich im Archiv mit einem Picknick-Korb. »Sag bloß, du bringst uns eine Stärkung!«, war Hilde entzückt.

»Ich habe für euch Kaffee, Striezel, ein paar belegte Brote und Wasser mitgebracht«, breitete Arthur stolz seinen Proviant für die Damen auf dem Tisch aus.

»Wo hast du das denn her?«, rann Hilde das Wasser im Mund zusammen.

»Vom Hotel, woher sonst?«, tat Arthur so, als wäre

es das Selbstverständlichste auf der Welt. »Hast du das vom Buffet mitgehen lassen?«, reizte ihn Hilde.

»Nein, nein, wo denkst du hin. Ich habe dem Hotel erklärt, dass ihr euch für eine ehrenamtliche Sache im Gemeindeamt einsetzt und nicht wirklich frühstücken konntet. Daraufhin hat das Personal freundlicherweise einiges vom Buffet für euch eingepackt«, erklärte Arthur ausführlich, um Hildes unverschämte Bedenken völlig zu zerstreuen.

»Gute Idee, denn bei Hilde habe ich bemerkt, dass sie schon Unterzucker hat. Sie hat die letzte Stunde nichts mehr geredet«, war Lilli um ihre Freundin besorgt.

»Nichts geredet? Völlig untypisch!«, pflichtete Arthur Lilli gespielt besorgt bei.

Hilde tat auf beleidigt: »Meine Lieben, ich war in die Arbeit vertieft!« Sie beschlossen, eine Pause zu machen: »Lena, komm, setz dich dazu, da ist auch etwas für dich dabei«, lud Lilli ein.

»Nein, danke. Mir ist heute nicht gut.« Plötzlich läutete Lenas Mobiltelefon. »Ja, das bin ich. Wohin? Okay. Wann genau? Okay.« Sie zog blitzartig ohne Erklärung ihren Mantel an und nahm ihre Tasche.

»Ist alles okay? Du wirkst so blass!«, fiel Lilli auf.

»Danke, geht schon. Ich muss mal weg. Ihr braucht nicht weiterzumachen. Ich weiß nämlich nicht, wann ich heute wiederkomme. Aber danke für eure große Unterstützung! Hat mir sehr geholfen.« Und weg war sie. Die drei Freunde blieben verdutzt zurück.

»Was könnte LV bedeuten?«, dachte Arthur laut nach.

»Wir haben uns auch schon den Kopf darüber zerbrochen, aber wir kommen einfach nicht drauf«, wurde Hilde immer ungeduldiger.

»Angenommen, Mitzi hat sich bei der Liste mit der Dokumentation aller Unterlagen nicht vertan und das, wovon wir nicht wissen, was es ist, beiseitegelegt. Wo, meint ihr, könnte sie das aufbewahrt haben?«, stellte Arthur ganz nüchtern und überlegt eine Frage, die zeigte, wo jetzt die Priorität der drei Freunde liegen sollte.

»Es ist ja auch komisch, dass sie alle anderen Dokumente genau beschrieben hat. Nur das nicht. So, als wollte sie nicht, dass das jemand anderer weiß«, fiel Lilli auf.

»Angenommen, sie wollte nicht nur, dass niemand davon weiß, sondern auch, dass das niemand findet; wo könnte sie das aufbewahren?«, stellte Arthur seine erste Frage noch einmal. »Vielleicht in ihrem Zimmer?«, konnte sich Hilde vorstellen.

»Nein, da hat die Spurensicherung alles auseinandergenommen«, winkte Lilli ab.

»Leute, ich habe gerade eine Eingebung: natürlich im Schließfach, das sie erst vor Kurzem eröffnet hat!«, kam es Hilde wie aus dem Nichts.

»Das ist eine interessante These«, quittierte Arthur Hildes Kombinationsgabe, als hätte sie gerade die Relativitätstheorie erfunden.

»Leider wissen wir noch immer nicht, was wirklich in diesem Schließfach ist«, fand es Lilli schade.

»Also, wenn ich etwas verstecken müsste, dann würde ich es dort machen, wo es niemand vermutet«, ließ Arthur einfach so fallen.

»Und das wäre wo?«, fragte Hilde nach und war genervt, dass sich ihr Freund alles aus der Nase ziehen ließ.

»Ich würde es dort belassen, wo man es vermutet, und zwar so, dass es da ist, aber halt doch nicht da ist«, antwortete er kryptisch.

»Arthur, du sprichst in Rätseln. Rede Klartext«, raufte sich Hilde die Haare.

»Ich könnte mir vorstellen, dass diese Sache noch immer hier im Archiv ist. Vielleicht gibt es so etwas wie eine Falltür im Boden oder hinter einer Bücherwand ein Versteck«, brachte er Beispiele. Die drei Freunde durchsuchten das gesamte Archiv nach solchen Möglichkeiten. Nichts.

Langsam wurde es Abend, und das Sonnenlicht konnte das Archiv nicht mehr erleuchten. Sie schalteten alle Lichter ein. Hilde drückte auf den Knopf, der sich direkt an der Bürolampe auf Mitzis Schreibtisch befand, doch leider ging sie nicht an. »Oje, die ist kaputt.«

»Oder sie ist nicht angesteckt«, empfahl Arthur seiner Freundin nachzusehen.

Hilde spielte den Ball zurück. »Lieber Arthur, mir tut heute schon alles weh vom Arbeiten. Würdest du das bitte übernehmen.« Seufzend begab sich Arthur in die Hocke und verschwand unter dem Schreibtisch, um nachzusehen, ob die Lampe angesteckt war. Dabei krachte er mit dem Kopf voll gegen die Tischplatte und schrie auf: »Autsch!« Plötzlich wurde er still und bewegte sich nicht. Er war komplett erstarrt.

»Arthur, alles okay?«, war sich Hilde nicht sicher. Es kam keine Antwort. Lilli, ihres Zeichens pflichtbewusste Flugbegleiterin, lief sofort zu ihm hin in der Annahme, erste Hilfe leisten zu müssen. »Alles gut«, beruhigte er seine beiden Freundinnen.

»Arthur, wie kannst du uns so zum Narren halten«, regte sich Hilde auf.

»Sorry, dass ich nicht gleich reagiert habe. Aber ich glaube, ich bin nicht nur gegen die Tischplatte gestoßen, sondern gegen noch etwas. Nur, es ist so dunkel unter dem Schreibtisch, dass ich nicht sehen kann, was das ist.«

»Moment, ich leuchte dir.« Hilde nahm die Schreibtischlampe, die nun wieder ging, in die Hand und leuchtete unter den Schreibtisch.

»Weiter rauf und mehr nach links«, instruierte Arthur Hilde beim Leuchten. »Ja, da. Bleib so.« Unter der Tischplatte war etwas mit einem Isolierklebeband an die Tischplatte geklebt. »Was haben wir denn da?«

Lilli kniete sich zu Arthur unter den Schreibtisch. Sie half Arthur, das Klebeband, das unzählige Male um etwas herumgewickelt wurde, zu lösen. Es war mühsam, aber gemeinsam gelang es ihnen, das, was angeklebt war, unter der Schreibtischplatte hervorzuholen. Es war ein Kuvert DIN A4 groß und ebenfalls mehrmals mit Klebeband zugeklebt. »Das öffnen wir am besten bei mir zu Hause«, schlug Hilde vor und vergewisserte sich gleichzeitig, dass die Eingangstür des Archivs geschlossen war.

»Und wie bringen wir das Kuvert unbemerkt aus dem Gemeindeamt?«, machte sich Lilli Sorgen. »Ich verstecke es einfach unter meinem Pullover«, hatte Hilde wie so oft sofort eine Idee. Arthur deutete mit einem Daumen nach oben, dass er das auch für gut befand. Gerade, als sie das Archiv verlassen wollten, tauchte Lena wieder auf. »Nanu, ihr seid noch da?«

Fast wäre Hilde das Kuvert vor lauter Schreck unter ihrem Pullover herausgerutscht. »Wir haben noch so lange gegessen und getratscht. Weißt eh, wir sehen uns ja nicht so oft. Da gibt es viel zu erzählen«, versuchte Lilli, ganz nonchalant zu klingen.

»Kann ich mir gut vorstellen«, wirkte Lena noch immer wie durch den Wind.

»Also dann, einen schönen Abend. Und falls du uns noch einmal brauchst, wir sind bis zum Wochenende im Lande«, setzte Lilli mit Contenance eines drauf.

»Anruf genügt«, ergänzte Hilde knapp und versuchte, in Windeseile aus dem Archiv, die Treppe hinunter und raus vor das Gemeindeamt zu kommen. Doch so leicht war das dann doch wieder nicht. Denn offensichtlich war an diesem Tag eine Sitzung angesetzt, und im Eingangsbereich des Gemeindeamtes tummelten sich schon viele Teilnehmerinnen und Teilnehmer. Nur nicht nervös werden! Logischerweise waren einige dabei, die Lilli kannten und sie unbedingt begrüßen mussten. Gleichzeitig versuchte sie höflich, aber bestimmt, die Gespräche kurz zu halten und endlich das Gemeindeamt zu verlassen.

»Uff, das war jetzt nicht ohne!«, stellte Arthur fest, der sich sonst mit emotionalen Ausbrüchen eher zurückhielt. Die drei Freunde waren froh, gut in Hildes Weingut angekommen zu sein, da die Fahrt streckenweise aufgrund des aufkommenden Nebels ziemlich gefährlich war. Es wäre ihnen zu unsicher gewesen, das gefundene Kuvert im Hotel zu öffnen. Alle drei saßen wie auf Nadeln, weil sie endlich wissen wollten, was sich in diesem Kuvert befand. Hilde lief voraus, um aufzusperren und eine Schere zu organisieren. Vor lauter Aufregung und Neugier hätte sie beinahe in das Kuvert und in den Inhalt geschnitten. »Nein, das gibt es nicht! Jetzt wissen wir, wofür die Abkürzung LV steht!«

»Wofür denn, sag schon!«, konnte es Lilli nicht mehr erwarten.

»Für Leibrentenvertrag.«

»Wie bitte? Was für ein Leibrentenvertrag?«, verstand Arthur überhaupt nichts mehr.

»Blablabla zwischen Frau Theresia Marko und Josef Grubmüller«, zitierte Hilde.

»Also, das ist unglaublich!«, konnte Lilli es nicht fassen.

»Ich verstehe jetzt gar nichts mehr. Würde vielleicht eine von euch so freundlich sein und mich aufklären? Das wäre ganz reizend«, entrüstete sich Arthur.

»Pass auf! Offensichtlich hat die Frau Marko mit dem Josef, der von ihr ein Nachbar ist und schon jahrelang das Weingut gepachtet hat, einen Leibrentenvertrag abgeschlossen«, brachte Lilli Arthur ihre neuen Erkenntnisse auf den Punkt.

»Man muss dazusagen, dass der Josef die letzten zehn Jahre viel für die Frau Marko gemacht hat. Der Neffe hat sich hingegen nur selten blicken lassen, und meistens nur dann, wenn er Geld von ihr gebraucht hat«, wusste Hilde zu berichten.

»Und warum bitte ist dieser Vertrag im Archiv?«, konnte Arthur seine emotional gewordenen Freundinnen auf den nüchternen Boden der Tatsachen zurückholen.

»Ich glaube, dass der Vertrag versehentlich unter die Unterlagen gekommen ist, die die Frau Marko dem Archiv zukommen hat lassen. Schaut mal, der ist nur von der Frau Marko unterzeichnet worden«, schlussfolgerte Lilli.

»Wann wurde er denn unterzeichnet?«, schnappte sich Hilde die letzte Seite des Vertrags und las laut: »›Sulztal, am 29. September 2022‹.«

»Ist sie nicht vor einem Jahr verstorben?«, war sich Lilli nicht mehr sicher.

»Ja, ich glaube, es war in der ersten Oktoberhälfte«, konnte sich Hilde nicht mehr genau erinnern. »Der Josef hat den Vertrag noch nicht unterschrieben. Dazu scheint es also nicht mehr gekommen zu sein.«

»Und wahrscheinlich hat die Mitzi den Vertrag gefunden, als sie die Unterlagen von der Frau Marko sortiert und dokumentiert hat. Glaubst du, Hilde, dass der Neffe etwas von dem Leibrentenvertrag gewusst hat?«, fand es Lilli interessant zu wissen.

»Bestimmt hat ihn der Josef darauf angesprochen, als die Frau Marko gestorben ist. Auf alle Fälle hätte der Neffe Schwierigkeiten bekommen, wenn der Vertrag gefunden worden wäre, weil er doch von der Frau Marko schon unterzeichnet ist. Denn dann wäre wohl die Frage offen gewesen, ob der Neffe und die Nichte überhaupt noch erbberechtigt wären«, wurde Hilde auf einmal bewusst.

Lilli griff Hildes Gedanken auf: »Somit hätte der Josef ihm das gesamte Weingut streitig machen können. Jetzt verstehe ich auch, warum er auf den Neffen so sauer ist.«

»Schaut mal, da im Kuvert. Da ist noch etwas«, zog Arthur, der sich nicht an den Spekulationen seiner beiden Freundinnen beteiligt hatte, einen weiteren Stapel DIN-A4-Blätter aus dem Kuvert. Das schien nun etwas anderes zu sein, das mit dem Leibrentenvertrag nichts zu tun hatte. Sie lasen die ersten paar Zeilen. »Das liest sich wie aus einer Forschungsarbeit«, bemerkte Arthur.

»Darin geht es scheinbar um die Eggenberger in Ehrenhausen«, ergänzte Lilli. Viele Absätze waren mit Leuchtstift markiert, daneben befanden sich mit Bleistift geschriebene Seitenzahlen. »Vielleicht ist das die Festschrift, die Mitzi für das Ehrenhausenbuch verfassen wollte«, rätselte Lilli.

»Aber wozu hat sie so viele Absätze mit Leuchtstift angezeichnet?«, wunderte sich Hilde.

»Und worauf beziehen sich die Seitenzahlen am Rand bei jedem Absatz?«, hätte gerne Lilli gewusst.

Und überhaupt, wieso versucht sie, das vor anderen zu verstecken, sodass das ja niemand finden kann?«, fühlte sich Arthur bemüßigt, eine wichtige Frage hinzuzufügen. Fragen über Fragen. Arthur wusste in diesem Moment, dass er sich seinen Urlaub abschminken konnte.

»Also, was tun wir nun?«, fragte Lilli, die es noch immer nicht fassen konnte, was sie da gefunden hatten.

»Klarer Fall. Ihr müsst den Leibrentenvertrag der Polizei übergeben«, stellte Arthur ganz sachlich und nüchtern fest.

»Wieso sagst du ›ihr‹? Etwa du nicht?«, fragte Hilde nach. Nun wurde Arthur dann doch ein klein wenig emotional: »Weil ich mit der Polizei hüben und drüben der Grenze schon das Vergnügen hatte. Ich will nicht amtsbekannt werden. Basta.« Lilli und Hilde mussten lachen. Sie konnten Arthurs Wunsch gut nachvollziehen.

»Da wir das geklärt haben, was machen wir nun mit dem angebrochenen Abend?«, fragte Arthur erwartungsvoll.

»Ich merke, du hast Hunger«, wusste Hilde sofort, worauf ihr Freund dezent anspielte.

»Gut erkannt!«, grinste er erwartungsvoll über das ganze Gesicht.

Hilde hatte schon vorgesorgt. »Ich kann uns eine Kürbiscremesuppe kochen, das geht ganz schnell. Und als Dessert gibt es Poganzen aus Slowenien.«

»Po- was?«, hörte Arthur diesen Ausdruck zum ersten Mal.

»Po-gan-zen. Das ist eine slowenische Germ-Mehlspeise mit Topfencreme und Estragon«, klärte sie ihn auf.«

»Estragon zu einer Süßspeise?«, fragte Arthur ungläubig.

»So abwegig ist das nun aber auch wieder nicht. Chili kann man ja auch mit Schokolade kombinieren, oder nicht?«, warf Lilli als Argument ein. Da konnte Arthur nur zustimmen.

Alle drei begaben sich in die Küche, um Hilde beim Kochen zu helfen. Dort hing ein Foto von Hilde mit ihrer Großmutter. Arthur inspizierte es genau und kam zu dem Schluss: »Hilde, du bist deiner Großmutter wie aus dem Gesicht geschnitten.«

»Danke für das Kompliment, lieber Arthur. Jetzt weiß ich, wie ich einmal aussehen werde, wenn ich 100 bin.«

»Also stimmt es, dass deine Großmutter tatsächlich 100 Jahre alt geworden ist?«, war er sichtlich beeindruckt. Hilde nickte langsam und andächtig.

»Hoffentlich hast du ihre Gene geerbt!«, wünschte ihr Lilli.

»Wäre nicht schlecht. Aber ich glaube ja, dass die Weinstraße auch eine *Blue Zone* ist.«

»Das musst du mir jetzt genauer erklären. Vielleicht kann ich mir da etwas abschauen«, zeigte sich Arthur interessiert daran, worauf man achten muss, wenn man 100 Jahre alt werden wollte. Er hörte gespannt zu, während er für Hilde den Kürbis zerlegte. »Meine Oma hat praktisch ihr ganzes Leben hier auf dem Weingut verbracht. Sie hat jeden Tag viel draußen an der frischen Luft gearbeitet.«

»Aber das mache ich doch auch. Wenn ich als Fotograf engagiert werde, dann habe ich sehr viele Fotoshootings im Freien.«

»Vergiss nicht, Arthur, dass du vorwiegend in Städten arbeitest und eher selten am Land, oder?«

Arthur kniff die Augen zu, da die Zwiebeln, die er nun schnitt, bei ihm Tränen verursachten. »Stimmt, Landluft habe ich eher selten.«

Hilde erhitzte in einem großen Topf Olivenöl. »Arthur, ein bisschen schneller bitte. Ich brauche die Zwiebeln.« Nachdem sie die Zwiebeln im Olivenöl glasig angedünstet hatte, reichte ihr Lilli den klein geschnittenen Sellerie, den sie mitdünstete. Schließlich fügte sie den in Würfel geschnittenen Kürbis hinzu.

»Und womit löschst du jetzt ab?« Mit dieser Frage zeigte Arthur, dass er doch etwas vom Kochen verstehen musste.

»Mit Wermut.«

»Wieso das denn? Habe ich noch nie gehört.«

»Weil das einen wunderbaren Geschmack ergibt. Der Alkohol verfliegt durch längeres Kochen sowieso, aber der feine Geschmack bleibt.« Nachdem sie das Gemüse weiter anbraten hatte lassen, goss sie das Ganze mit Gemüsebrühe auf. »Man kann auch Rindersuppe verwenden. Aber ich mag es heute vegetarisch.« Sie gab drei rohe, geschälte und in Würfel geschnittene Kartoffeln hinzu und schließlich zwei Teelöffel Curry. »So, jetzt lassen wir die Suppe kochen.«

»Das ist alles?«, zeigte sich Arthur überrascht, wie leicht das war.

»Zum Schluss gebe ich den Saft einer halben Limette hinzu, um den Geschmack zu heben, und einen Schuss Obers, aber nicht mehr. Denn durch die Kartoffeln wird die Suppe eh schön sämig. Und Salz und Pfeffer nicht vergessen«, erklärte Hilde, während sie in einer Pfanne Kürbiskerne kurz anröstete. »Wenn wir die Suppe anrichten, kommt ein Klecks Sauerrahm drauf, dann ein Schuss Kürbiskernöl und ganz obendrauf die gerösteten Kürbiskerne.« Arthur lief das Wasser im Mund zusammen.

»Was ich immer schon faszinierend fand, war, dass meine Oma jeden Tag zur selben Zeit aufgestanden und auch zur selben Zeit schlafen gegangen ist.«

Arthur wusste nicht, wie er regelmäßige Schlafzeiten in seinem Künstlerleben einhalten sollte. »Also, das geht bei mir gar nicht. Wenn ich male, und die Muse küsst mich, kommt es vor, dass ich bis tief in die Nacht arbeite, sogar bis 1 Uhr oder 2 Uhr. Das muss ich ausnützen. Man weiß nie, wann die Muse wieder vorbeischaut. Und am nächsten Tag muss ich meistens bis Mittag schlafen, weil so ein Kreativitätsschub schon ganz schön kräfteraubend ist und der Schlaf dann einfach fehlt.«

»Meine Oma hat auch jeden Tag frisch gekocht, und hauptsächlich das, was in ihrem vielfältigen Gemüsegarten saisonmäßig gewachsen ist. Bei ihr im Garten war alles Bio. Sie hat Jahrzehnte mit saisonalen und regionalen Lebensmitteln gekocht, bevor diese beiden Adjektive zu einem Trend wurden. Für den Winter hat sie Gemüse, wie zum Beispiel Rohnen, und Obst verarbeitet und im Keller gelagert. Ihre Marillenmarmelade war legendär.«

Arthur unterbrach sie. »Bitte was sind Rohnen?«

»Das sind rote Rüben. Aber auch Erdäpfel, Käferbohnen, Äpfel, Birnen und Nüsse et cetera hat sie den ganzen Winter über im Keller gelagert. Das, was sie sonst noch gebraucht hat, wie Eier, Hühner, Geselchtes und so weiter hat sie bei den umliegenden Bauern geholt. Brot hat sie auch selbst gebacken. Ganz selten ist sie mal nach Gamlitz in das Kaufhaus gefahren, um Mehl, Nudeln und Reis zu holen. Was ich auch lustig fand, und das war tatsächlich bis zum Schluss so: Um Punkt 12 Uhr musste das Mittagessen auf dem Tisch stehen. Da konnte sein, was wollte. Und das ist auch heute noch so generell in der Gegend. Denn das Mittagessen ist bei den älteren Menschen die wichtigste Mahlzeit des Tages.«

»Hmm, also beim Essen habe ich keinen bestimmten Rhythmus«, grübelte Arthur.

»Ich weiß, mein Lieber, du isst rund um die Uhr«, brachte es Hilde auf den Punkt.

Arthur spielte den Beleidigten und versuchte, sich zu erklären: »Wenn man so ein dynamisches und flexibles Arbeitsleben hat wie ich, isst man dann, wenn man Zeit beziehungsweise wenn man Hunger hat. Und da ich beruflich viel unterwegs bin, koche ich natürlich selten selbst. Dazu fehlt mir einfach die Zeit.«

»Was meine Oma hier draußen auch sehr genossen hat, war die Ruhe. Manchmal kam tagelang niemand vorbei, außer vielleicht der Postler. Es war ein sehr beschauliches Leben. Und diese Beschaulichkeit genieße ich, wenn ich hier bin – außer es ist wilder Besuch aus New York da«, grinste Hilde. »Spaß beiseite, an Geselligkeit hat es nicht gemangelt. Omas Verwandtschaft lebt in der Nähe und ist oft am Wochenende und an Feiertagen zu Besuch gekommen. Eine Zeit lang hatte Oma sogar einen Buschenschank. Da gab es dann Geselligkeit genug.«

»Und bestimmt hat sie hin und wieder ein Gläschen von den köstlichen Weinen getrunken.«

»Du sagst es, lieber Arthur, hin und wieder. Denn meine liebe Oma hat den Wein verkauft, weil sie von irgendetwas leben musste. Selbst getrunken hat sie ihn nur selten.« Darauf musste Arthur gleich anstoßen, er hob sein Glas und sprach einen Toast auf Hildes geliebte Oma. Danach ging es zurück ins Hotel.

13 DER NEBEL LICHTET SICH

Am nächsten Morgen fuhren die drei Freunde mit dem Leibrentenvertrag auf die Polizeistation in Gamlitz. Arthur blieb wohlweislich im Auto. Die Polizisten waren ziemlich verblüfft, als Lilli und Hilde ihnen das Dokument übergaben.

»Und wo haben Sie den Vertrag her?«, wollte ein Polizist es gleich genau wissen.

»Aus dem Archiv«, antworteten die beiden Freundinnen unisono.

»Darf ich fragen, was Sie dort zu suchen hatten«, fragte die Polizistin.

Lilli und Hilde kamen sich vor wie in einem Verhör. »Wir haben im Archiv mitgeholfen, wieder Ordnung in das Chaos, das durch den Einbruch entstanden ist, zu bringen. Dabei haben wir das gefunden«, blieb Lilli ganz plausibel, ruhig und sachlich.

»Sie können gerne bei der Lena Gruber nachfragen, ob das stimmt. Die ist die Nachfolgerin von der Mitzi und kümmert sich ab jetzt um das Archiv«, fügte Hilde hinzu. Lilli warf ihr einen verneinenden Blick zu, denn Lena wusste ja nichts von dem Fund. Hilde gab Lilli einen entschuldigenden Blick zurück. Daran hatte sie nicht gedacht.

»Nein, das passt schon. Mit der Frau Gruber hatten

wir gestern schon das Vergnügen«, erklärte die Polizistin. Die beiden Freundinnen atmeten erleichtert auf.

»Dieser Leibrentenvertrag ist wahrscheinlich aus Versehen ins Archiv gewandert«, erklärte Lilli weiter.

»Wie, aus Versehen?«, fragte der Polizist.

Hilde ergriff das Wort: »Die Frau Marko aus Sulztal, die vor fast einem Jahr verstorben ist, hat etwas dem Archiv in Ehrenhausen vermacht. Unter diesen Unterlagen muss sich dieser Leibrentenvertrag befunden haben.«

»Das muss die Mitzi, die Organistin aus Ehrenhausen, die so tragisch zu Tode gekommen ist, herausgefunden haben. Sie hat ihn nämlich unter die Schreibtischplatte geklebt«, fuhr Lilli fort. »Wieso unter die Tischplatte?«, verstand der Polizist noch immer nicht.

»Offensichtlich wollte sie nicht, dass das jemand findet«, erklärte Hilde ihre Vermutung.

»Aha. Und Sie sind sich sicher, dass es die Mitzi war, die diesen Leibrentenvertrag gefunden hat?«

»Wer sonst? Sie hat die letzten Wochen und Monate das gesamte Archiv neu geordnet«, argumentierte Lilli erneut.

»Wir werden mal die Erben kontaktieren und den Notar, der für die Verlassenschaft zuständig war«, schlug die Polizistin vor.

Der Polizist nickte und fügte bestätigend hinzu: »Für die Erben könnte womöglich dieser Vertrag zum Problem werden. Na, dann bedanken wir uns für diesen Fund. Mal sehen, ob das in irgendeiner Form mit dem Tod von der Mitzi zu tun hat.« Sie waren schon fast draußen, da rief der Polizist ihnen nach: »Erzählen Sie bitte niemandem davon, auch nicht der Frau Gruber. Wir wollen die Ermittlungen in alle Richtungen offenlassen und nicht gefährden. Wenn Ihnen zufällig noch etwas auffällt, was mit dem Mord an der Mitzi zu tun hat, dann geben Sie uns bitte Bescheid. Wir ermitteln derzeit selbst, da die zuständige Kommissarin aus Graz leider kurzfristig erkrankt ist.« Als sie noch im Foyer der Polizeistation waren, hörten sie, wie der Polizist zu seiner Kollegin sagte: »Da hat uns der Neffe von der Frau Marko glatt angelogen, als wir das letzte Mal bei ihm oben im Weingut in Sulztal waren.«

»Wieso?«, fragte die Polizistin.

»Als wir bei ihm nachgefragt haben, warum er die Tage vor Mitzis Tod so oft auf dem Handy vom Pfarramt angerufen hat, hat er gemeint, dass es mit der Pfarre noch ein paar Dinge bezüglich des Grabes zu klären gegeben hätte. Jetzt, da wir diesen Leibrentenvertrag in Händen halten, glaube ich eher, dass es darum gegangen ist.« Lilli und Hilde schmunzelten sich zu. Da hatte die Polizei offensichtlich das Handy vom Pfarramt doch noch überprüft.

Beim Rausgehen aus der Polizeistation dachte Lilli weiter nach. »Mich würde interessieren, wieso sie so darauf erpicht sind, dass wir der Lena nichts sagen.«

»Vielleicht hat das mit ihrem Streit mit Mitzi zu tun, den andere mitbekommen haben. Jetzt wissen wir zumindest, warum Lena gestern so plötzlich vom Archiv wegmusste.«

Lilli nickte nachdenklich. »Wie auch immer, ich bin froh, dass wir den Leibrentenvertrag jetzt los sind.«

Arthur wusste im ersten Moment nicht, wo er war, als sie ihn aufweckten. Er war im Auto auf der Rückbank eingeschlafen. Als seine beiden Freundinnen darauf aufmerksam machten, dass sie noch nicht gefrühstückt hatten, war Arthur in der Sekunde hellwach und konnte es gar nicht mehr erwarten, sich in das Getümmel am Frühstücksbuffet im Hotel zu werfen.

Inzwischen hatte sich Lilli in der Hotellobby hingesetzt und studierte die mit Leuchtstift markierten Blätter, die Mitzi ebenfalls versteckt hatte. Hilde gesellte sich zu ihr. »Wir könnten einen Absatz ins Internet eingeben, einfach so. Vielleicht stimmt es mit irgendetwas überein«, machte sich Lilli ans Werk.

»Seid ihr noch immer auf Mörderjagd?« Arthur stand wieder in Bademantel und Badeschlapfen vor ihnen. »Übrigens, ihr hättet diese Unterlagen längst dem Archiv zurückgeben müssen.«

Hilde entgegnete scharf: »Muaß is sterb'n – und sonst gar nichts, hat meine Oma immer gesagt.«

Arthur hatte keine Gegenargumente. »Habt ihr nicht doch Lust, mich zu begleiten? Allein macht es nicht so viel Spaß!« Lilli und Hilde konnten dem bettelnden Dackelblick von Arthur nicht widerstehen. Er lief voraus, da sein Termin für eine Traubenkur bald begann. »Ich bin mir nicht sicher, ob Arthur weiß, worauf er sich da einlässt«, hegte Hilde Zweifel und folgte ihm, um sich an der Spa-Bar einen Bio-Tee zu gönnen.

Da hörte sie, wie Arthur mit der Rezeptionistin an der Spa-Rezeption redete. »Wo geht es hier zum Traubensaft?«

»Wenn Sie die Traubenkur meinen, dann bitte hier lang«, wies sie ihm den Weg.

Kurze Zeit später war er wieder bei seinen Freundinnen. »Ist dir die Traubenkur nicht bekommen?«, fühlte sich Hilde bestätigt und konnte sich einen neckenden Unterton nicht verkneifen.

»Nach der Einführung habe ich gewusst, dass das nichts für mich ist. Da hätte ich mehrere Tage hindurch nur Trauben essen dürfen und sonst nichts. Ich habe dann beschlossen, mich lieber wieder dem vergorenen Traubensaft zuzuwenden.« Arthur schien irgendwie erleichtert.

Lilli ließen die markierten Blätter keine Ruhe. Sie wälzte sich im Ruheraum hin und her. Hilde neben ihr war eingeschlafen und schnarchte leise. Arthur wiederum drehte seine Runden im beheizten Pool. Schließlich scannte Lilli mit dem Mobiltelefon zwei Absätze ein und gab sie in eine Suchmaschine ein. Prompt gab es ein Ergebnis.

»Hilde, wach auf!«, riss sie ihre Freundin mitten aus dem Tiefschlaf.

»Wie spät ist es? Wo bin ich?« Lilli wäre fast von der Liege gefallen.

»Das ist von Lena«, rief Lilli um einiges zu laut, sodass sich Hotelgäste, die auch im Ruheraum lagen, nach ihr umdrehten.

»Was ist los?« Hilde musste erst einmal richtig wach werden.

»Komm, wir müssen noch einmal ins Archiv!« Lilli sprang auf und begann, ihre Sachen in die Badetasche zu packen.

»Jetzt gleich?« Hilde wusste noch immer nicht, warum.

Arthur, der gerade hinzugekommen war, stand triefend nass vor ihnen und war empört. »Also mich bringen heute keine zehn Pferde mehr irgendwohin«, murmelte er vor sich hin und begab sich in Richtung Duschen.

Nachdem sich Lilli beruhigt hatte, erklärte sie Hilde, was sie herausgefunden hatte. »Als ich Textteile in eine Suchmaschine eingegeben habe, kommt doch glatt eine Forschungsarbeit, die damit übereinstimmt.« Sie hielt Hilde ihr Mobiltelefon hin.

»Zeig her!« Hilde wollte sich selbst überzeugen. »Tatsächlich. Und was für eine Arbeit ist das?«

»Das ist eine Dissertation.«

»Und von wem?«

»Wie gesagt, von Lena Gruber.«

»Na bumm, so jung und schon Frau Doktor, alle Achtung. Vielleicht hat Mitzi ihr bei der Arbeit geholfen und ihr dazu Feedback gegeben.«

»Mag schon sein, sie war immer hilfsbereit, wenn man sie um etwas gebeten hat. Vielleicht hat sie sich daher intensiv mit der Dissertation von Lena auseinandergesetzt. Aber warum klebt sie dann diese markierten Seiten unter die Schreibtischplatte? Und was sollen die Zahlen und Zeichen neben den Zeilen?«

Lilli und Hilde schauten sich vielsagend an. Es musste einen wichtigen Grund dafür geben. »Fragen über Fragen. Ganz ehrlich, ich glaube nicht, dass wir im Archiv sofort auf die Antworten stoßen«, versuchte Hilde, ihre Freundin zu beruhigen.

»Mitzi muss irgendetwas gewusst haben, von dem niemand sonst wissen sollte«, war sich Lilli sicher.

»Vielleicht gibt es einen banalen Grund, und sie hat an ihrer Festschrift gearbeitet und natürlich alle möglichen Quellen dafür benützt. Eben auch die Dissertation von Lena.«

»Habe ich etwas Wichtiges verpasst?«, fragte Arthur und wunderte sich, dass seine beiden Freundinnen noch da waren.

Lilli legte die Unterlagen zur Seite. Ihr schwirrte schon der Kopf. Sie beschloss, sich an der Bar im Spa-Bereich einen Tee zu holen. Als am Monitor die Nachrichtensendung *Steiermark heute* lief, setzte sie sich kurz auf ein Sofa, um sich einfach nur berieseln zu lassen und auf andere Gedanken zu kommen. Doch daraus wurde nichts. Sie verkutzte sich fast an ihrem heißen Getränk, als die Moderatorin folgende Nachricht verlautbarte: »Wie heute bekannt wurde, gibt es im Zusammenhang mit dem Mordfall der Organistin von Ehrenhausen zwei Festnahmen. Es handelt sich dabei um einen 50-jährigen Weingutbesitzer und einen 56-jährigen Architekten aus dem Bezirk Leibnitz, die nun in Untersuchungshaft gekommen sind. Wie sich im Zuge der Ermittlungen herausgestellt hat, sind sie auch verantwortlich für den Einbruch in das Archiv des Gemeindeamtes Ehrenhausen vor einer Woche. Nähere Informationen verlautbarte die Polizei aus ermittlungstechnischen Gründen nicht.«

Lilli war gerade dabei, ihren Freunden von den letzten Neuigkeiten zu berichten, als ihr Handy läutete. »Anni, du bist wieder auf Lautsprecher.«

»Okay. Schönen Abend alle zusammen. Stellt euch vor, heute war die Polizei da und hat uns die Schlüssel wiedergebracht. Auf den Schlüsseln sind keine Fingerabdrücke.«

»Und hat die Polizei nun schon im Schließfach nachgesehen?«, fragte Hilde ungeduldig.

»Ja.«

»Und?«

»Im Schließfach ist nichts.«

»Nichts?«, sagten Hilde und Arthur enttäuscht. Lilli deutete ihnen, sich zu beruhigen.

»Vielleicht hatte Mitzi vor, etwas hineinzulegen, ist aber nicht mehr dazu gekommen«, mutmaßte Lilli. »Auf jeden Fall vielen Dank für deine Informationen, liebe Anni.«

»Gern geschehen. Übrigens, wisst ihr schon das Neueste? Es gab heute zwei Festnahmen.«

»Haben wir gerade in den Nachrichten vernommen.«

»Also wenn das stimmt, dass die beiden ...« Weiter kam Anni nicht, denn dann versagte wieder ihre Stimme.

»Und wie geht es dir sonst?«, fragte Lilli vorsichtig nach.

»Na ja, es geht so. Ich würde gerne wissen, wann Mitzis Leiche für das Begräbnis freigegeben wird. Aber die von der Polizei haben gemeint, es würde noch dauern, bis die Obduktion fertig ist. Was soll's. Euch einen angenehmen Abend.«

»Was da so lange dauert, bis die mit dem Obduzieren fertig sind«, verstand Arthur nicht und beschloss, einen weiteren Saunagang vorzunehmen.

Hilde las laut aus einem Flyer, das in der Hotellobby auflag, vor. »Da die Renovierungsarbeiten abgeschlossen sind und das Mausoleum in neuem Glanz erstrahlt, lädt die Gemeinde Ehrenhausen an der Weinstraße alle Ehrenhausener und Ehrenhausenerinnen und alle Freunde von nah und fern zu einer feierlichen Segnung dieser historischen Grabstätte ein. Auch für das leibliche Wohl ist gesorgt. Der Festakt wird vom Musikverein Ehrenhausen musikalisch umrahmt.«

»Wann findet das statt?«, interessierte sich überraschenderweise Arthur.

»Heute um 15 Uhr.«

»Da gehen wir hin«, beschloss er für alle drei. Hilde und Lilli schauten Arthur groß an. »Ich habe das Innere zwar schon kennengelernt, länger, als es mir lieb war. Aber ich kann auch draußen bleiben. Die Agape letzthin nach der Abendmesse war so nett, wie sollte das nun anders sein.«

»Aha, daher weht der Wind«, grinste Hilde. »Meinetwegen, ich kenne das Innere durch meine Führungen zwar auch sehr gut, doch wir haben heute sonst eh nichts vor. Was meinst du, Lilli?«

Vor dem Mausoleum hatten sich schon viele Interessierte versammelt. Von der Bürgermeisterin abwärts waren alle wichtigen Gemeindevertreter anwesend. Die Blasmusik verlieh dem Segnungsakt einen besonders feierlichen Charakter. Die Galeristin war wie immer top gestylt. Sie erhielt von der Gemeinde im Namen des Landes Steiermark, dem das Mausoleum gehörte, einen riesigen Blumenstrauß. Sie genoss es sichtlich, im Rampenlicht zu stehen, und hielt eine kurze Ansprache bezüglich der aufwendigen Renovierungsarbeiten. »Die habe ich aber nie vor Ort gesehen«, wunderte sich eine Einheimische, die zufällig neben Else und den drei Freunden stand.

»Die Renovierungen hat auch nicht sie gemacht, sondern ihr Bruder. Die Klein ist nur für die Akquise, das Marketing, den Verkauf und die Entrümpelungen zuständig. Ihr Bruder ist der wahre Künstler. Er ist immer schon der begabtere von den beiden gewesen«, klärte Else sie auf.

Anni war auch zugegen, wirkte aber sehr unaufmerksam und angespannt. Als sich die Gelegenheit bot, stellte sie sich neben Lilli und ihre Freunde und flüsterte ihnen zu: »Es ist wieder etwas ganz Arges passiert. Die haben heute den Kulturreferenten der Diözese mitgenommen auf die Polizeistation.«

»Bitte wie? Wieso das denn?«, riefen die drei Freunde zeitgleich und so laut, dass sie fast die Rede der Galeristin unterbrochen hätten.

»Psst«, zischte Anni und redete im Flüsterton weiter. »Na, passt auf. Der Kulturreferent hat bei mir in der Küche gerade Kaffee getrunken.«

»Mit Milchschaum«, warf Hilde kurz ein.

»Wie bitte?« Anni verstand nicht.

»Ach nichts.« Lilli schaute Hilde mahnend an. Arthur grinste.

»Und da standen auf einmal zwei Polizisten im Vorraum. Als ich dann gefragt habe, was sie wollen, haben sie nach dem Herrn Magister Ebner gefragt. Der wurde leichenblass, als ich ihn geholt habe.«

»Ja, und weiter?«, drängte Hilde sie.

»Dann wollten die Polizisten mit ihm persönlich unter vier, besser gesagt sechs Augen sprechen.«

»Ja, und dann?«, konnte Hilde ihre Neugier nicht zügeln und erntete wieder einen strengen Blick von Lilli.

»Es hat nicht lange gedauert, dann sind alle drei aus dem Kammerl hinter der Küche erschienen, und die Polizisten haben den Ebner einfach so mitgenommen.«

»Na bumm. Einfach so wird das wohl nicht gewesen sein. Da muss es schon einen triftigen Grund dafür gegeben haben«, schlussfolgerte Lilli. »Und was hat der Herr Pfarrer dazu gesagt?«

»Der war sprachlos. Er hat dann die Diözese verständigt. Wie es jetzt mit dem Herrn Kulturreferenten weitergeht, weiß ich nicht.« Die drei Freunde versuchten, Anni zu beruhigen.

Zurück im Hotel frohlockte Arthur: »Jetzt haben sie den Richtigen! Und wir können endlich den restlichen Urlaub genießen!« Er schmiss sich in den Bademantel und stellte die Badetasche bereit.
»Freu dich nicht zu früh, mein Lieber! In diesem Mordfall gibt es einige Ungereimtheiten. Es würde mich nicht wundern, wenn noch die eine oder andere Überraschung passierte«, nahm ihm Hilde gleich seine Unbeschwertheit und damit den Wind aus den Segeln. Arthur schaute sie entgeistert an. »Aber heute kannst du gerne im Spa-Bereich untertauchen und die Seele baumeln lassen«, entließ Hilde ihren treuen Freund großzügig in sein wohlverdientes Urlaubsfeeling.

Lilli und Hilde beschlossen, sich die Beine zu vertreten und einen kleinen Spaziergang rund um das Hotel zu machen, das sich am Schlossberg von Ehrenhausen mitten in einem Naturparadies befand. Vielleicht kamen sie in der Natur und der frischen Luft auf neue Ideen. Gerade als sie beim Friedhof vorbeigingen und zurück zum Hotel gehen wollten, trafen sie Anni vor der schmiedeeisernen Eingangstür. »Gut, dass ich euch sehe. Ich wollte euch eh schon anrufen. Stellt euch vor, der Kulturreferent wurde in Untersuchungshaft genommen.«

»In Untersuchungshaft? Das heißt, es gibt jetzt einen dritten Hauptverdächtigen!« Lilli war sprachlos.

»Seine Fingerabdrücke wurden an der Leiche gefunden oder besser gesagt winzige Blutspuren und Hautpartikel am Mantel von Mitzi, deren DNA mit seiner übereinstimmt.«

»An der Leiche?«, schaute Hilde ungläubig. »Wieso sollte er die Mitzi umbringen?«

»Ich kann mir beim besten Willen keinen Grund vorstellen«, gab sich Anni ratlos und völlig außer sich.

Lilli kombinierte sofort: »Also hat die Else doch recht gehabt, und der Kulturreferent ist nicht in den Zug gestiegen, sondern zurück zur Kirche gegangen.«

»So muss es gewesen sein. Ein Ministrant hat bei der Befragung ausgesagt, dass er den Kulturreferenten gesehen hat, wie er nach der Abendmesse in der Hauseinfahrt gestanden ist und gewartet hat. Bestimmt hat er geglaubt, dass ihn der Bub nicht registriert und schon gar nicht gekannt hat. Aber da der Ebner in letzter Zeit so oft da war, kennt ihn fast jeder. Der Kulturreferent hat dann behauptet, das könne nicht stimmen, da er ein Alibi habe. Die Else könne bezeugen, dass er davor mit dem Zug nach Graz zurückgefahren sei. Die Polizei hat daraufhin bei Else nachgefragt. Er konnte nicht wissen, dass sie ihn zurückgehen gesehen hat.«

»Da ist der Herr Kulturreferent ordentlich eing'fahren«, quittierte Hilde lapidar diesen Umstand.

»Weiß man eigentlich, warum der Neffe von der Frau Marko und der Prammer in Untersuchungshaft gekommen sind?«, fragte Hilde nach, als ob sie und ihre beiden Freunde völlig ahnungslos gar nichts mit der Festnahme zu tun hätten.

»Angeblich hat die Mitzi einen Leibrentenvertrag im Archiv gefunden, demgemäß die Frau Marko dem Josef Grubmüller, ihrem langjährigen Pächter, den Hof vermachen hat wollen. Als die Mitzi den Neffen darüber informiert hat, dass sie den Leibrentenvertrag dem Notar übergeben will, der für die Abwicklung der Verlassenschaft seiner Tante zuständig war, hat er versucht, sie zu überreden, es nicht zu tun. Als das nicht gefruchtet hat, hat er ihr Geld geboten, wollte sie also bestechen. Der Neffe hat die Mitzi sogar einmal zu sich auf das Weingut eingeladen. Wahrscheinlich wollte er sie dort einweimperln.«

»Aha, daher stammt also die helle Erde an den Stiefeln von der Mitzi«, hatte sich für Hilde dieses Rätsel nun gelöst.

»Die Polizei hat die Fingerabdrücke, die sie im Archiv gefunden haben, mit denen vom Neffen und dem Architekten abgeglichen. Sie haben glatt übereingestimmt. Da haben die beiden dann zugegeben, dass sie am Tag nach dem Tod von der Mitzi nach ein paar Gläsern Wein in einer Nacht- und Nebelaktion beschlossen haben, sich den Leibrentenvertrag aus dem Archiv selbst zu holen. Also, a b'soffene G'schicht quasi. Die beiden wollten sich halt Ärger ersparen und haben das Projekt ›Luxusweinhotel‹ gefährdet gesehen. Wenn die Unterschrift von der Frau Marko auf dem Leibrentenvertrag echt ist, dann müssen der Neffe und auch die Nichte um ihr Erbe bangen.«

»Und der Architekt um einen sehr lukrativen Auftrag«, ergänzte Hilde.

»Für die Tatzeit haben sie nämlich kein Alibi. Oder besser gesagt, sie haben sich gegenseitig ein Alibi gegeben. Sie behaupten nämlich, dass sie zur Tatzeit gemeinsam beim Neffen im Weingut eine Flasche Wein getrunken haben. Bezeugen kann das aber niemand anderer.« Anni hatte sich schon verabschiedet, da drehte sie sich noch einmal um. »Dass ich es nicht vergesse: Was den Kulturreferenten anbelangt, hat unser Aushilfspfarrer gebeten, diese Angelegenheit mit der allergrößten Diskretion zu behandeln!«

»Ja, eh. Wir wissen von nichts«, schwor Lilli im Namen der drei Freunde.

»Eine Frage hätte ich allerdings in diesem Zusammenhang noch: Woher weißt du das alles?«, wollte Hilde zu gern wissen.

»Das tut hier nix zur Sache. Einen schönen Abend noch euch dreien.« Und schon marschierte Anni rasch die Straße vom Friedhof Richtung Ehrenhausen hinunter.

14 A G'MAHTE WIES'N

»Herr Pfarrer, Sie haben uns gar nicht erzählt, dass das Innere der Kirche nun auch renoviert wird«, fragte Anni den Herrn Pfarrer fast ein wenig vorwurfsvoll, als die beiden in der Sakristei alles für die Abendmesse vorbereiteten.

»Wie kommen Sie denn da drauf?«

»Jemand inspiziert gerade die Kirche.«

»Das kann nicht sein. Wer soll denn jemanden beauftragt haben? Der Kulturreferent hat mir nichts davon erzählt, dass die Diözese da etwas vorhätte. Ich schau mal nach.« Als der Pfarrer das Kirchenschiff betrat, war Arthur mitten in seinen Aufnahmen. »Sagen Sie mal, wer sind Sie und was machen Sie da?«

»Arthur Hawlicek mein Name. Ich bin Maler und Fotograf und auf Urlaub hier in der Südsteiermark auf Einladung einer lieben Freundin. Ich habe die Gelegenheit genützt, um zu fotografieren. Ich möchte nämlich einen Bildband über diese wunderbaren Kunstschätze der Südsteiermark veröffentlichen.«

»Und Sie fotografieren ohne die Erlaubnis der Kirche?«

»Ja, wieso? Ich dachte, die Kirche ist für jeden Gläubigen geöffnet.«

»Das ist schon richtig, aber wenn Sie diese Fotos kommerziell verwenden sollen, brauchen Sie die Genehmigung der Diözese. Ihr Vorhaben in Ehren, aber das können Sie nicht so einfach machen.«

»Oh, verstehe«, antwortete Arthur kleinlaut. »Übrigens, ich bin nicht der Einzige, der an den Kunstschätzen interessiert ist.«

»Wie meinen Sie das?«

»Da ist scheinbar noch jemand in der Kirche, aber ich habe ihn oder sie nicht gesehen, sondern nur gehört«, flüsterte Arthur.

Der Pfarrer schaute in das Kirchenschiff. Da war in dem Moment niemand zu sehen oder zu hören. »Sind Sie sicher?« Arthur nickte. Plötzlich hörten sie Geräusche aus der Sakristei.

»Danke, dass Sie mir das sagen. Ich schau gleich mal in der Sakristei nach, was da los ist. Anni, die Pfarrhelferin, ist längst gegangen. Die kann das nicht sein. Wir reden dann weiter. Ich gebe Ihnen die Nummer von der zuständigen Person in der Diözese, dem Kulturreferenten. Ach, Blödsinn, der ist leider derzeit nicht gut erreichbar«, räusperte sich der Pfarrer, als wäre er peinlich berührt. »Aber egal, es wird sich in der Diözese schon jemand um Ihr Anliegen kümmern.« Während der Pfarrer in die Sakristei ging, fotografierte Arthur munter weiter. Nach einer Weile kam der Pfarrer zurück: »Sie müssen sich geirrt haben, da ist niemand.« In dem Moment hörten sie, wie die Orgel plötzlich Töne von sich gab, als hätte jemand mit der Hand versehentlich auf die Tastatur geklatscht. Der Pfarrer rief hinauf: »Ist da jemand?« Stille. Keiner meldete sich. »Komisch, vielleicht ist eine Maus auf die Tastatur gesprungen. Mit diesen Tieren haben wir immer wieder unsere liebe Not.« Der Pfarrer suchte in seinem Mobiltelefon nach der Telefonnummer der Diözese. Auf einmal hörten sie, wie jemand die Treppe vom Chor heruntermarschierte. »Warten Sie bitte, ich schau mal, wer da vom Chor herunterkommt.« Der Pfarrer ging Richtung Eingangsbereich der Kirche. Da verstummten plötzlich die Schritte. »Komisch, ich hätte wetten können, dass da jemand die Stiege hinuntergeht«, sagte er mehr zu sich und dann, als er bei Arthur war, »wir haben doch beide gehört, dass da jemand die Treppe heruntergeht, nicht wahr?« Arthur nickte höflich. »Ich habe leider nur die Handynummer des Kulturreferenten gespeichert, sehe ich gerade, aber in der Sakristei habe ich bestimmt die Telefonnummer von der Diözese.« Arthur folgte dem Pfarrer über den Altarbereich in die Sakristei. Vor dem Altar machte der Pfarrer einen Kniefall und bekreuzigte sich. Arthur tat das Gleiche, wenngleich etwas holprig, weil ungeübt. In der Sakristei blieb der Pfarrer abrupt stehen. »Also, das verstehe ich jetzt nicht. Ich war doch gerade vorher hier und habe nur kurz nachgesehen, ob jemand da ist und um mein Handy zu holen. Nun sind die Türen von allen Schränken offen. Da geht es doch nicht mit rechten Dingen zu.« Sie hörten plötzlich ein Geräusch, nun aus dem Kirchenschiff, als würde jemand eine Bank verschieben. Der Pfarrer und Arthur schauten gemeinsam durch die Tür aus der Sakristei. Da war niemand zu sehen. Etwas irritiert nahm der Pfarrer vom Schreibtisch ein Adressbuch und suchte die Telefonnummer der Diözese heraus. Gleichzeitig unterhielt er sich mit Arthur über die Kirche und ihre Kunstschätze. »Unsere Pfarrkirche ist der Schmerzhaften Muttergottes geweiht. Wissen Sie eigentlich, dass sich auf dem Hauptaltar eine gotische Pietà aus dem 15. Jahrhundert befindet? Unter dem Hauptaltar gibt es eine Gruft. Die Grabtafeln der Eggenberger sind im hinteren Teil des Kirchenschiffes eingelassen, falls Sie das interessiert. Und was noch interessant ist, die Statuen der Kirche stammen aus der Schule des Bildhauers Philipp Jakob Straub.« Der Pfarrer war fast nicht zu stoppen.

Währenddessen hörten sie, dass die Eingangstür der Kirche sich öffnete. Und bald darauf machte es einen Knall, als wäre etwas Schweres auf den Boden gefallen. Der Pfarrer warf kurz einen Blick aus der Sakristei und sah, dass zwei Frauen die Kirche betreten hatten. »Das sind nur zwei Gläubige«, ließ er Arthur wissen und erzählte dann lang und breit weiter, was es wert war, über die Kirche zu wissen. Arthur versuchte, sehr interessiert zu wirken. Denn eigentlich wollte er nur die Altäre, Gemälde, Figuren et cetera fotografisch in Szene setzen. Er blieb geduldig, auch wenn es ihm schwerfiel.

Lilli und Hilde schritten langsam und gemächlich durch den Hauptgang. Angesichts dieser heiligen Stille und dieser überwältigenden prunkvollen Innenausstattung waren beide voller Ehrfurcht. Lilli war in Gedanken bei der zu Tode gekommenen Mitzi. Sie wollte zuerst gar nicht mit in die Kirche, denn dort kreisten ihre

Gedanken ständig um diese schreckliche Vorstellung, wie Mitzi umkam. »Ich gehe in den Seitengang, ich kann im Hauptgang nicht bleiben. Das ist für mich unerträglich.« Hilde nickte ihr zu und ging weiter Richtung Hauptaltar, konnte aber Arthur nirgends sehen. Lilli hatte die Abkürzung in den Seitengang genommen und bewegte sich Richtung Seitenaltar. Auf einmal irritierte sie etwas. »Hilde«, wagte sie, laut zu sagen, und deutete ihr dann, zu ihr zu kommen. »Schau mal, was da liegt.« Hilde drehte sich noch einmal in alle Richtungen, schaute auch zum Chor, aber Arthur war nirgends zu finden. Als sie beim Seitenaltar angekommen war, traute sie ihren Augen nicht. Da hatte doch glatt jemand am Boden etwas liegen gelassen: ein Werkzeug. Beim Seitenaltar sah es aber nicht nach Renovierungsarbeiten aus. Lilli ging in die Hocke und schaute sich ihn genauer an.

»Was siehst du?«, flüsterte Hilde.

»Ich weiß nicht. Ich kann nichts sehen. Es ist zu finster.«

»Ich leuchte mit dem Handy. Und jetzt?«

»Da ist nichts zu sehen, keine Beschädigungen, gar nichts.« Hilde leuchtete den Seitenaltar rauf und runter. Sie konnten nichts Außergewöhnliches entdecken. »Leuchte mal hierhin.«

Hilde bückte sich und leuchtete in einen Spalt, der mit freiem Auge gar nicht auffiel.

»Leuchte bitte noch näher ran. Ich kann da etwas sehen, da, im Spalt.« Lilli presste sich nah an die Mauer und griff mit der Hand so weit es ging hinein. Hilde schaute sich kurz um, ob eh niemand da war, der glauben könnte, sie würden etwas stehlen wollen.

»Jetzt habe ich es.« Lilli zog vorsichtig etwas heraus, was aussah wie eine Zeichenmappe. In dem Moment hörten sie eilige Schritte, die aufgrund des Widerhalls in der Kirche nicht zu orten waren. Sie schauten in alle Richtungen. Auch der Pfarrer und Arthur waren aufgrund des plötzlichen Lärms aus der Sakristei in den Altarbereich gekommen, um nachzusehen, was da schon wieder los war. Dann fiel die linke Seiteneingangstür laut ins Schloss, wobei dieser Krach noch einige Zeit nachhallte.

Es war eine Sensation, was Lilli und Hilde gefunden hatten: Entwürfe für den Innenraum des Mausoleums. Nach diesen Skizzen hatte die berühmte Sereni-Werkstatt aus Graz die barocke Innengestaltung der Grabstätte durchgeführt.

»Das ist ein wahrlich historischer Moment! Denn diese Entwürfe sollen von keinem Geringeren stammen als von Johann Bernhard Fischer von Erlach«, konnte der Pfarrer seinen Augen nicht trauen. Ehrfürchtig blätterte er Entwurf für Entwurf durch.

»Wenn's wahr ist«, holte Hilde den Pfarrer in ihrer trockenen Art wieder von seinem Höhenrausch.

»Wieso?«, schaute der Pfarrer nun etwas ungläubig.

»Es muss erst von Experten geklärt werden, ob diese Entwürfe tatsächlich von Johann Bernhard Fischer von Erlach stammen. Es war von jeher nicht kunsthistorisch bewiesen, dass dem so ist«, tat Hilde ihr Wissen kund.

Der Pfarrer war etwas ernüchtert. Arthur zückte seine Kamera und hielt diesen historischen Augenblick für die Nachwelt fest. Hilde wusste nicht, ob sie das gutheißen sollte, und schaute ihn zweifelnd an. Arthur ließ sich nicht von ihr abhalten, nützte die Gunst der Stunde und fotografierte in der Kirche munter weiter, was ihm vor die Linse kam. »Unglaublich, was Mitzi alles im Archiv gefunden hat.« Lilli deutete Hilde mit leichtem Kopfschütteln, dass sie nichts mehr sagen sollte.

»Wieso, was hat sie denn noch Besonderes im Archiv gefunden?«, fragte der Pfarrer gleich interessiert nach.

»So viele interessante Fotos von Ehrenhausen«, lenkte Hilde nun in eine andere Richtung. »Schaut mal!«, rief Arthur, der sich die Mappe auch anschauen wollte. »Ganz hinten ist ein Zettel dabei.«

Hilde schnappte ihn sich: »Der stammt nicht von Johann Bernhard Fischer von Erlach, sondern ist von …«, sie schaute auf die Unterschrift, »von Mitzi unterzeichnet. Und gefunden hat sie diese Mappe offensichtlich gar nicht im Archiv. Da steht nämlich: ›gefunden am 15. August 2023 am Dachboden des Pfarrhauses von Ehrenhausen. Bitte der Polizei übergeben‹.« Sie kamen aus dem Staunen nicht heraus.

»Aber wenn Mitzi diese Entwürfe bei uns im Pfarrhaus auf dem Dachboden gefunden hat, dann gehört das doch der Kirche«, freute sich der Herr Pfarrer umso mehr.

»Da wäre ich mir nicht so sicher. Denn das Mausoleum ist im Besitz des Landes Steiermark«, wusste Hilde, die ehemalige Fremdenführerin, natürlich ganz genau. Das Gesicht des Pfarrers verfinsterte sich zusehends. Und Hilde weiter: »Es wäre interessant zu wissen, wie diese Skizzen auf den Dachboden des Pfarrhauses gekommen sind. Auf alle Fälle muss juristisch geklärt werden, wer der rechtmäßige Besitzer dieser Entwürfe ist.« Der Pfarrer nickte nachdenklich.

Als Arthur das gefundene Werkzeug genauer inspizieren wollte, hielt ihn Hilde in letzter Sekunde davon ab. »Wir dürfen es auf gar keinen Fall angreifen. Vielleicht sind Fingerabdrücke drauf.«

»Die Polizei wird jeden Augenblick da sein«, hatte der aufgeregte Herr Pfarrer bereits die Einsatzkräfte verständigt. »Zuerst der schreckliche Tod von Mitzi und jetzt ein versuchter Diebstahl. Und das alles, wenn ich hier zur Aushilfe bin. Was kommt wohl als Nächstes?«, wirkte er verzagt.

Als der Polizist die drei Freunde erblickte, verschlug es ihm fast die Rede. »Sie schon wieder?«, konnte es der Polizist nicht fassen. »Können Sie mir bitte sagen, was Sie nun auch mit dieser Sache zu tun haben?«, schaute er die drei Freunde mit einem ernsten, durchdringenden Blick an.

»Nun ja, eigentlich gar nichts. Reiner Zufall!«, tat Hilde das Ganze mit einer beiläufigen Geste ab.

»Schön langsam werden Sie mir unheimlich«, seufzte der Polizist. Er notierte sich, was dem Herrn Pfarrer und den drei Freunden alles aufgefallen war. Vermutlich war der Besitzer des Werkzeugs die ganze Zeit über mit ihnen in der Kirche, und die seltsamen Geräusche stammten von ihm oder ihr.

»Wahrscheinlich wollte der Besitzer des Werkzeugs etwas stehlen, denn warum sollte er sonst mit so einem Werkzeug hierherkommen?«, dachte Arthur laut.

»Oder die Besitzerin«, stellte Hilde klar. In der Zwischenzeit kam eine Polizistin in die Kirche, die die Spuren sicherte und das Werkzeug in einem Plastiksack verstaute. Hilde bemerkte, dass Arthur plötzlich einen sehr genauen Blick darauf warf und irritiert wirkte. Sie wollte ihn aber vor der Polizei nicht darauf ansprechen. Hilde konnte es sich nicht verkneifen und fragte die Polizei: »Ach, und im Mordfall Mitzi, gibt es da schon neue Hinweise?«

»Mit Verlaub, das dürfen wir aus ermittlungstechnischen Gründen nicht verraten. Gegenfrage, haben Sie vielleicht noch Hinweise, die uns weiterbringen könnten?«, konterte der Polizist mit einem süffisanten Lächeln. Hilde verstand, dass sie dem Polizisten keine Informationen entlocken konnte. Die Polizei nahm nicht nur das Werkzeug, sondern auch die Mappe mit den Zeichnungen in Gewahrsam, denn niemand wusste, wem diese gehörte. Der Pfarrer war schwer enttäuscht, aber einsichtig. Beim Hinausgehen sagte der Polizist zu seiner Kollegin beiläufig: »Der Notar, den die Mitzi kontaktiert hat, hat doch erzählt, dass sie mit ihm einen Termin wegen zweier Sachverhalte ausmachen wollte. Vielleicht war das der zweite Grund.« Die drei Freunde wussten Bescheid, was der erste Grund war.

»Arthur, du hast plötzlich so komisch geschaut«, konnte Hilde den Grund nicht schnell genug herausfinden.

»Also, auf dem Werkzeug ist ein Sticker gewesen, der

jedoch nicht mehr zu lesen war. Irgendjemand muss ihn heruntergerissen haben.«

»Bei aller Liebe, Arthur. Ein Sticker, der nicht mehr zu lesen ist, hilft uns wenig.«

»Ich war noch nicht fertig«, sah er Hilde vorwurfsvoll an. »Wenn ich mich nicht täusche, dann war ein klitzekleines Eck noch zu sehen, mit Farbe.«

»Welche Farbe?«

»Na, so goldfarben.«

»Und wie hilft uns das jetzt weiter?«

»Ich habe erst vor Kurzem so einen goldfarbenen Sticker gesehen. Er hatte, wenn ich mich recht erinnere, dieselbe Größe und war genauso goldfarben.«

»Und was stand da drauf?«, stellte Lilli die naheliegende Frage. Arthur dachte krampfhaft nach. Er konnte sich leider nicht erinnern.

»Vielleicht fällt es dir später ein. Lass dir keine grauen Haare deswegen wachsen, oder besser gesagt, nicht noch mehr«, kicherte Hilde und zwinkerte ihm mit ihren funkelnden Augen zu. Arthur konnte ihr sowieso nicht böse sein.

Die Frage, die Lilli beschäftigte, war, ob der Besitzer des Werkzeugs vielleicht wusste, dass Mitzi diese Mappe mit den Entwürfen gefunden und diese in der Kirche versteckt hatte. Das ließ ihr einfach keine Ruhe. »Womöglich hat die Mitzi Lena davon erzählt«, wurde ihr mit einem Mal ganz anders. »Und Lena, die promovierte Historikerin, wollte auch an diesem Sensationsfund beteiligt sein und hat Mitzi deswegen am Chor bedrängt, und dann …« Lilli stockte. Das würde sie Lena niemals zutrauen.

»Gut möglich, dass das mit der Dissertation von Lena zu tun hat«, stieg Hilde auf diese Fährte ein.

»Wahrscheinlich wollte sie das in ihrer Arbeit noch einbauen. Das wäre kunsthistorisch etwas ganz Neues gewesen, was die Dissertation unglaublich aufgewertet hätte«, beteiligte sich Arthur an den Spekulationen.

»Ich schau mal nach, wann die Dissertation eingereicht wurde.« Lilli rief im Internet die Arbeit von Lena auf. »Im Juni 2023.«

»Das passt nicht zusammen. Da hatte sie ihre Dissertation also längst fertig.« Hilde wies darauf hin, dass sie Lena ins Gemeindeamt gehen gesehen hatten, als sie Arthur in die Kirche folgten. »Aber wir wissen natürlich nicht, wo sie davor war«, gab sie zu bedenken. »Wir sollten uns um diesen Fund keine weiteren Gedanken machen, finde ich. Wir haben im Mordfall Mitzi noch genug zu tun.«

Arthur tat so, als hätte er das nicht gehört: »Ich bin jetzt mit dem Fotografieren fertig. Wir können wieder saunieren.«

Sie bedankten sich beim Pfarrer, der nicht fassen konnte, was sie gerade gefunden hatten. »Ich verständige die Diözese über diesen Sensationsfund. Die werden staunen. Vielleicht sollte ich dort gleich in der Rechtsabteilung anrufen und schauen, was die dazu sagen«, wirkte er voller Hoffnung.

Hilde in trockenem Ton: »Das wird wohl ein Match Diözese gegen Land Steiermark werden.«

»Was mir nicht aus dem Kopf geht, ist, dass ich diese Visitenkarte von der Galerie Klein & Co am Chor gefunden habe. Die muss Mitzi gehört haben. Wie soll die Visitenkarte sonst dorthin gekommen sein?« Lillis Kopf schwirrte, und sie merkte, dass eine Migräne im Anzug war.

Hilde dachte laut nach. »Womöglich hat sie mit der Galeristin Kontakt aufgenommen, um zu fragen, an wen sie sich bezüglich der gefundenen Entwürfe wenden solle? Das kam ihr gelegen, dass die Galeristin gerade vor Ort war und noch dazu direkt gegenüber vom Pfarrhaus dieses Wirtshaus entrümpelt hat.«

»Wäre naheliegend, dass sie sich an die Expertin gewandt hat«, pflichtete Lilli ihr bei, während sie die Augen zumachte und versuchte, sich zu entspannen. Arthur wirkte genervt: »Hört mir mit der Galeristin auf. Wir waren dort, und es hat nichts gebracht.«

»Da stimme ich Arthur zu. Sie zu fragen, ob Mitzi ihr von den Entwürfen erzählt hat, ist sinnlos. Das würde sie bestimmt verneinen. Die bringt sich doch nicht selbst in Schwierigkeiten«, gab ihm Hilde ausnahmsweise mal recht. Arthur war das nicht gewohnt und fühlte sich fast geschmeichelt.

»Und selbst wenn Mitzi ihr davon erzählt hat und sie zugibt, es gewusst zu haben, würde uns das nichts helfen. Was sollte das beweisen? Dass sie die Mitzi umgebracht hat?«, führte Arthur weiter aus.

»Arthur hat recht«, stimmte Hilde ihrem Freund zu seiner Verwunderung noch einmal zu.

»Wie können wir da weiterkommen?«, klang Lilli frustriert und nahm ein Schmerzmittel, um die Kopfschmerzen einzudämmen. Arthur nahm Lillis Unpässlichkeit als willkommenen Anlass, seine beiden Freundinnen zu überzeugen, sich im Hotel etwas zu entspannen.

Sie hatten es sich gerade im Spa-Bereich gemütlich gemacht, als Lillis Telefon klingelte. Da sie im Ruhebereich weilten und die anderen Hotelgäste unsanft aus dem Dösen geweckt wurden, lief Lilli rasch in das Foyer des Spa-Bereichs. »Anni, was gibt's?«
»Es gibt Neuigkeiten.«
»Leg los!«
»Der Kulturreferent hat gemerkt, dass es ihm nichts bringt zu schweigen. Er hat nun zugegeben, vom Bahnhof zurück zum Pfarrhaus gegangen zu sein. Er bestreitet jedoch, mit Mitzis Tod in irgendeiner Weise etwas zu tun zu haben.«
»Und warum sind dann seine Spuren an der Leiche von Mitzi gefunden worden?«
»Das war angeblich so: Er hat in der Einfahrt zwischen Kirche und Pfarrhaus auf Mitzi gewartet, weil er mit ihr über die Entwürfe sprechen wollte, die sie am Dachboden des Pfarrhauses gefunden hat.«
»Woher hat er denn von den Entwürfen gewusst? Ich glaube kaum, dass die Mitzi ihm davon erzählt hat.«
»Warte, lass mich weitererzählen. Aber Mitzi kam nicht. Die Kirchenbesucher waren alle längst gegangen. Da es ihm kalt wurde, hat er beschlossen, in der Kirche mit Mitzi zu reden, und da hat er sie gefun-

den. Sie war schon tot. Und – jetzt kommt's – erzählt hat ihm die Galeristin aus Graz von diesen Entwürfen. Die restauriert sehr viel für die Diözese und kennt ihn von diesen Aufträgen her.«

»Welche Galeristin?«

»Na, die Klein, die auch das Mausoleum renoviert hat. Der Kulturreferent wollte Mitzi davon überzeugen, dass diese Entwürfe definitiv der Diözese gehören, wenn sie auf dem Dachboden des Pfarrhauses gefunden wurden, und dass es da keine juristische Klärung braucht. Als er die Kirche betreten hat, hat er gesehen, dass er nichts mehr für sie tun konnte. Er wollte auf keinen Fall, dass ihn jemand sieht, um nicht mit dem Mord in irgendeiner Weise in Verbindung gebracht zu werden. Schließlich hat er bemerkt, dass die Schlüssel vom Pfarrhaus halb aus der Manteltasche von Mitzi hingen. Das war seine Chance. Als er diese an sich genommen hat, dürfte er sich an der scharfen Kante eines der Schlüssel geschnitten haben, was er in der Eile gar nicht bemerkt hat. Da er wusste, dass der Pfarrer in Gamlitz und nicht in Ehrenhausen wohnt, hat er im Beichtstuhl gewartet, bis dieser weggefahren ist. Dann hat er sich zum Hintereingang des Pfarrhauses geschlichen und die Tür geöffnet. Er hat das gesamte Pfarrhaus durchsucht, konnte aber nichts finden. Frustriert hat er den nächsten Zug Richtung Graz genommen. Er hat zunächst geglaubt, dass es eh niemandem auffallen würde, dass die Schlüssel fehlen. Schließlich wusste er, dass mehrere von uns welche vom Pfarrhaus haben. Dann wurde ihm die Sache zu heiß, und er wollte sich der Schlüssel entledigen, damit nur ja kein Verdacht auf ihn fällt. Er dachte, dass es am sichersten sei, sie dorthin zurückzuhängen, wo sie immer hängen. Davor hat er sie sorgfältig von Fingerabdrücken gesäubert.«

»Das klingt alles plausibel. Aber kannst du mir sagen, woher die Galeristin das von den Skizzen wusste?«

»Keine Ahnung.«

»Also sind es doch der Neffe und der Architekt gewesen?«

»Im Moment befragen sie gerade die Klein.«

»Sag, Anni, woher weißt du das alles?«

»Ich habe so meine Informanten. Aber …«

Lilli ergänzte. »Ich weiß, das tut hier nix zur Sache.«

»Wie sagt ihr immer: Des is a g'mahte Wies'n«, urteilte Arthur. Seine beiden Freundinnen mussten lachen, denn aus Arthurs Mund, der sonst nur Hochdeutsch und amerikanisches Englisch sprach, klang diese Phrase besonders lustig.

»Die Galeristin wird es gewesen sein. Schließlich hat sie davon gewusst«, war sich Hilde sicher. Lilli entgegnete: »Aber wenn sie diese Entwürfe unbedingt hätte haben wollen, hätte sie dem Kulturreferenten doch nichts davon erzählt.«

Und Arthur fügte in seiner nüchternen Art hinzu: »Jetzt kommt es darauf an, ob sie ein Alibi hat.«

»Und auch der Neffe und der Architekt sind noch nicht aus dem Schneider«, gab Lilli zu bedenken. Ihre Gedanken kreisten mehr um die Dissertation von Lena. Sie las die Seiten immer und immer wieder durch.

Hilde bemerkte Lillis Unruhe. »Zerbrich dir nicht den Kopf! Du hast schon Migräne. Entspann dich! Du weißt, wenn man sich verkrampft, geht gar nichts weiter.«

Arthur pflichtete Hilde bei. »So ist es. Deswegen schlage ich vor, dass wir zur Feier des Tages …«

»Welche Feier des Tages?«, schaute Hilde Arthur erstaunt an.

»Egal«, wischte Arthur Hildes Frage mit einer Geste weg, weil er es selbst nicht wusste, »dass wir heute in einem Haubenlokal an der Weinstraße fein dinieren. Und ich lade euch beide herzlich dazu ein.« Hilde fiel Arthur um den Hals.

»Aber so kurzfristig bekommen wir bestimmt keinen Tisch«, gab Lilli zu bedenken. Außerdem war ihr nicht nach Weggehen und Dinieren zumute.

Arthur zwinkerte den beiden zu. »Ist längst reserviert. Vielleicht können wir dich, Lilli, damit auch ein bisschen ablenken.«

15 FINE DINING AUF SÜDSTEIRISCH

Den Autos am Parkplatz vor dem Lokal nach zu schließen, kehrten hier vor allem auswärtige Gäste ein. Das Ambiente war gediegen und modern zugleich, mit viel Vollholz und anderen Naturmaterialien. Eine Kombination, die derzeit sämtliche Lokale der gehobeneren Klasse in der Gegend bevorzugten. Die Tische an den großen Fenstern, die einen traumhaften Blick auf das Panorama der Südsteirischen Weinstraße freigaben, waren alle besetzt. In diesem feinen Lokal lief alles über die Kommunikation. Es wurde in dem Moment eine Beziehung zu den Gästen aufgebaut, als sie das Restaurant betraten. Angefangen damit, dass den drei Freunden beim Eingang sofort jemand entgegenkam, der sie herzlich begrüßte und ihnen die Mäntel abnahm, ging es damit weiter, dass kurz darauf jemand anderer zum Tisch kam, um ihnen die Speisekarte zu bringen. Und bevor sie einen Blick darauf werfen konnten, bot ihnen der Kellner verschiedene Aperitifs an. Wer konnte bei so einer umsichtigen und aufmerksamen Betreuung Nein sagen? Die drei Freunde nahmen als Aperitif einen Muskateller Sekt. »Also das Muskataroma kommt bei diesem Sekt wunderbar zur Geltung! Er hat ein traubiges, aber feinfruchtiges Bukett. Am Gaumen ist er frisch und fruchtig und hat eine feine Säurestruktur. Und feinperlig ist er auch noch. Sehr elegant!«, gab Arthur von sich, als sie den ersten Schluck genommen hatten. Hilde und Lilli blieb der erste Schluck fast im Hals stecken, weil sie sich aufgrund von Arthurs fachmännischer Expertise vor lauter Lachen nicht mehr halten konnten. Nur langsam kriegten sie sich wieder ein. Arthur nahm es gelassen. Lilli fiel es schwer, den Abend zu genießen. Sie war in Gedanken bei den Ausschnitten aus der Dissertation. »Ich glaube, wir sollten da weiterforschen«, warf sie mitten ins Gespräch ein, während sie den »Gruß aus der Küche« verspeisten und sich an selbst gebackenem Brot mit Butter, Kürbiskernöl und Schafskäse labten. Arthur war so mit dem Genießen beschäftigt, dass er gar nicht darauf reagierte.

»Ich glaube, du verbeißt dich da in etwas. Aber ich gebe dir schon recht, wir sollten herausfinden, warum Mitzi genau diese 30 Seiten der Dissertation markiert und versteckt hat.« Hilde sah Arthur nach Zustimmung heischend an. Bis dieser reagierte, kam schon die Vorspeise: eine Kastaniencremesuppe mit Parmesanchips und einem Schuss Verjus. »Was ist denn Verjus?« Arthur hatte davon noch nie gehört.

»Das ist ein natürliches Säuerungsmittel, das erst jetzt wiederentdeckt wurde. Es wird aus grünen unreifen Weintrauben hergestellt und nicht vergoren. Dadurch bleiben die zarten Aromen erhalten«, erklärte die Kellnerin im Dirndl, als sie ihnen die Suppe servierte.

»Und das schmeckt?«, war sich Arthur nicht sicher.

»Verjus wird in der Küche für alle möglichen Gerichte eingesetzt: für Salatmarinaden, Soßen, Fisch und wegen seiner fruchtigen Säure sogar für Desserts«, gab ihm Hilde, die hervorragend kochen konnte, nun Auskunft.

»Da hier sogar Vanilleeis mit Kernöl, Kürbiskernen und Schlagobers serviert wird und Estragon zu einer Süßspeise, wundert mich jetzt gar nichts mehr«, schüttelte Arthur den Kopf.

Arthur übernahm die Auswahl des Weines. Er entschied sich für einen Traminer. »Diese Rebsorte hast du mir vorenthalten, liebe Hilde.«

»Da gibt es einige Weine, die ich dir vorenthalten habe. Aber du bist noch ein paar Tage da, und falls wir nicht mehr zum Verkosten kommen, wirst du uns hoffentlich bald wieder in der Südsteiermark beehren«, klang Hilde fast ein bisschen melancholisch. Ganz professionell, wie er es von Lilli gelernt hatte, verkostete er den ersten Schluck des Weines. Sichtlich stolz, alles richtig gemacht zu haben, deutete er dem Kellner, dass der Wein passte. Hilde forderte ihn auf, den Wein zu beschreiben. Sie war ganz angetan von Arthurs Beschreibung des Muskateller Sekts. »Dieser Wein ist goldgelb, intensiv und hat ein Bukett von Rosen, erinnert mich aber auch an Veilchen. Er ist sauber, ich würde fast sagen strahlend, und im Abgang lang.« Die beiden Freundinnen waren baff. »Arthur, wenn du so weitermachst, steht einer Sommelierprüfung nichts mehr im Wege.« Arthur war sich nicht sicher, ob Hilde das ernst oder ironisch meinte. Aber als ihn auch Lilli lobte, wusste er, dass Hilde es doch ehrlich gemeint hatte.

Lilli gab weitere Informationen zu dieser Rebsorte. »Dieser Traminer, sehe ich gerade auf dem Etikett, kommt aus der Südoststeiermark. Dort gibt es Basaltböden und vulkanische Verwitterungsböden, und sie haben dort sandige und schwere Lehmböden. Und das Klima ist auch ein bisschen anders als bei uns da. Sie haben dort ein Mischklima aus heiß-trockenem ungarischem Landklima und feucht-warmem Mittelmeerklima. Klöch, ein sehr bekannter Weinort in der Südoststeiermark, ist zum Beispiel berühmt für seine Traminerlagen.«

»Wissen Sie, was man noch Köstliches aus dem Traminer machen kann?«, fragte die Kellnerin, als sie zum Aufnehmen der Speisen an den Tisch kam. »Traminergelee. Das ist zwar süß wie Marmelade, passt aber hervorragend zu Pasteten, Ente, Wildgerichten und Käse.« Arthur war verblüfft, wie die südsteirische Küche so raffiniert Dinge miteinander kombinierte, von denen man nicht glauben würde, dass sie zusammenpassen.

Dass sich Arthur bei seiner Vorauswahl zwischen Schweinsbraten mit Sauerkraut und Knödeln sowie Kalbsgulasch mit Polentaschnitten und Kürbisrisotto für das letzte, das vegetarische Gericht, entschied, hätten sich Hilde und Lilli nicht gedacht. Aber so war Arthur eben, immer für Überraschungen gut. »Wir sollten morgen doch noch einmal ins Archiv. Das ist, kommt mir vor, sehr ergiebig«, schlug Hilde dezidiert vor.

Arthur ging darauf nicht näher ein, sondern setzte sich genüsslich mit der Dessertkarte auseinander. »Nehmt ihr sicher nichts mehr? Also ich hätte noch gerne die Marillenpalatschinken.«

»Arthur, wo isst du das alles hin?«, schaute Hilde ihren Freund entgeistert an.

Arthur ließ sich nicht davon abbringen. »Und was, wenn ich fragen darf, trinkt man hier zum Dessert? Ich meine abgesehen von Kaffee?« Er wollte sich nichts entgehen lassen.

»Meine Oma hat immer Vogelbeerlikör angesetzt«, fiel Hilde ein.

Arthur saugte alles auf wie ein Schwamm. »Was bitte sind Vogelbeeren?«

»Die Vogelbeere ist auch unter dem Begriff Eberesche bekannt. Sie gehört zu den Rosengewächsen und, da die Früchte wie kleine Äpfel aussehen, auch zu den Kernobstgewächsen. Aber natürlich haben wir auch sehr bekömmliche Dessertweine. Nur sind die alle sehr süß«, setzte Lilli mit ihrer Weinkunde fort.

»Was zum Beispiel?«, wollte es Arthur genau wissen.

»Das sind die sogenannten Prädikatsweine, also Qualitätsweine besonderer Reife und Leseart. Die müssen mindestens fünf Volumprozent vorhandenen Alkohol aufweisen, dürfen nicht angereichert werden, und es darf ihnen auch keine Restsüße verliehen werden. Dazu zählen Spätlese, Auslese, Eiswein, Strohwein, Beerenauslese, Ausbruch und Trockenbeerenauslese. Außer bei Spätlesen und Eiswein ist die Ernte mit Lesemaschinen verboten. Außerdem darf eine Hektarhöchstmenge nicht überschritten werden, und das Lesegut muss dem amtlichen Mostwäger vorgeführt werden. Für den Eiswein zum Beispiel müssen die Trauben bei der Lese und Kelterung gefroren sein und mindestens minus sieben Grad Celsius aufweisen. Bei anderen Prädikatsweinen geht es um die besondere Reife. Bei der Beerenauslese werden nur überreife und/oder edelfaule und eingetrocknete Beeren verwendet.«

»Und wie schmeckt das dann?«, konnte sich Arthur den Geschmack nur schwer vorstellen.

»Das schmeckt eben süß, wobei es viele Abstufungen gibt, oder nach Nuss oder Sherry, vielleicht rosinenartig.«

»Also ich nehme die Marillenpalatschinken. Und dazu trinke ich eine Trockenbeerenauslese.« Arthur sah die entgeisterten Gesichter seiner beiden Freundinnen, als er die Bestellung aufgab, und grinste: »Ich setze nur um, was ich von euch gelernt habe.«

Während Arthur sich mit Genuss dem Dessert und dem Dessertwein hingab, berieten Lilli und Hilde über ihre weitere Vorgehensweise. »Gehen wir das Ganze einmal pragmatisch an«, nahm Hilde es in die Hand. »Lilli«, schaute sie ihre Freundin mit einem strengen Blick an, »angenommen, du müsstest die Festschrift verfassen. Wie würdest du vorgehen?«

»Hmmm«, dachte Lilli nach. »Ich würde auf alle Fälle zunächst prüfen, was es alles an Quellen gibt.«

»Was meinst du genau?«

»Zum Beispiel historische Dokumente, Urkunden Inschriften, Wappen, Fotos, Zeitungsausschnitte und so weiter.«

»Sehr gut! Da sieht man mal wieder, typisch Lilli, du würdest das Ganze akribisch und gründlich angehen. Sehr lobenswert! Jetzt zu dir, Arthur! Wie würdest du vorgehen?«

Arthur schluckte einen Bissen herunter und wischte sich die an seinem Dreitagebart hängen gebliebene Marmelade mit einer Serviette weg. »Also, mir wäre es viel zu mühsam, diese ganzen Quellen zu erforschen. Alles viel zu aufwendig.« Er nahm einen nächsten Bissen in den Mund.

»Das hilft uns nicht weiter, Arthur, danke.« Hilde sah ihn strafend an.

Doch er murmelte weiter, noch immer essend, etwas vor sich her wie »schon gibt«, schluckte dazwischen wieder einen Bissen herunter, fuhr fort mit »jemand schon erforscht hat … ach, was weiß ich.«

»Moment mal, was hast du da gerade gesagt?«, nagelte Hilde ihn fest.

»Was meinst du, was ich gesagt habe?« Inzwischen hatte Arthur seine Marillenpalatschinken aufgegessen.

»Das frage ich dich.«

»Ach so, ich meinte, vielleicht hat jemand schon etwas zu diesem Thema geschrieben und dabei sämtliche Quellen mit einbezogen.«

»Das ist es! Arthur, du bist der Beste!« Er wusste gar nicht, wie ihm geschah. »Stimmt, wir sollten nachschauen, was bereits an Quellen ausgewertet und was darüber geschrieben wurde. Mitzi hätte gar nicht die Zeit gehabt zu forschen.«

»Das bedeutet, wir müssen wieder ins Archiv und vor allem die literarischen Quellen durchforsten. Offensichtlich hat Mitzi dafür auch die Dissertation von Lena gelesen«, konnte sich das Lilli vorstellen.

Arthur war strikt dagegen, nicht nur, weil er noch seinen Urlaub genießen wollte: »Nicht schon wieder ins Archiv! Ich halte es für keine gute Idee, einfach dort aufzutauchen und zu suchen.«

»Stimmt, Lena war schon das letzte Mal nicht besonders erfreut darüber, dass wir ihr beim Aufräumen geholfen haben«, bestärkte Lilli seine Bedenken.

»Okay, gut, dann müssen wir das anders angehen«, stimmte Hilde zu Arthurs Überraschung ihren Freunden zu. »Und ich glaube, ich hab da eine Idee!«

16 DASTUNKEN UND DALOGEN

Else fühlte sich sehr geehrt, eine Sonderführung für die drei Freunde durch den Ort, im Mausoleum und in der Pfarrkirche zu machen, und legte sich dementsprechend ins Zeug. »Für dich, liebe Hilde, muss das fad sein, da du hier selbst als Fremdenführerin tätig warst.«

»Nein, überhaupt nicht, bestimmt weißt du viel mehr als ich.«

Und so war es auch. Else wusste Zahlen, Daten und Fakten, die selbst Hilde zum ersten Mal hörte. »Laut Kaufvertrag aus der Urkundenreihe im Herberstein Archiv Eggenberg erwarben im Jahre 1543 Christoph von Eggenberg und seine Frau Helena Benigna vom Grafen Georg von Schaumberg die Herrschaft Ehrenhausen, die zum Stammsitz der Ehrenhauser Linie der Eggenberger wurde.«

»Muss man das alles wissen?«, war Arthur schon am Beginn der Führung gelangweilt.

»Du kannst zumindest so tun, als ob es dich interessiert. Schließlich trägt das zu unseren Ermittlungen bei«, zischte Hilde ihm zu. Arthur musste sich sehr zusammenreißen. Beim Mausoleum sprühte Else fast vor lauter Begeisterung. Sie war unglaublich gut vorbereitet. »Aus dem Testament von Ruprecht von Eggenberg aus dem Jahre 1609 wissen wir, dass, ich zitiere ›Sonsten aber sollen außer meinem Leibe, keine Weibspersonen, sondern alle Catholischen meines Namens und Mannsstammes, so auch dergleichen als Generale und Obriste dienten, doch in ihren absonderlichen Grüften, hinein bestattet werden.‹ Hier seht ihr auch eine Stammtafel der Ehrenhausener Linie der Familie Eggenberg. Die habe ich aus dem Steiermärkischen Landesarchiv ausgehoben«, zeigte sie stolz eine Kopie derselben. Lilli, die selbst in allen Dingen sehr genau war, bewunderte Elses selbst und gut recherchiertes historisches und kunsthistorisches Wissen. »Es war nämlich so, dass ich vor Jahren gebeten wurde, für das Ehrenhausenbuch einen Artikel über die Eggenberger in Ehrenhausen zu schreiben. Das war für mich eine Ehre. Deshalb wollte ich auch, dass alles, was ich schreibe, Hand und Fuß hat. Mich hat das Forschen im Steiermärkischen Landesarchiv so in den Bann gezogen, dass ich fast nicht aufhören konnte. Es war faszinierend, um nicht zu sagen, erhebend, die Urkunden aus der damaligen Zeit mit eigenen Augen zu sehen, die meisten im Original. Zum Beispiel die Urkunde aus dem Jahr 1240, in der der Bestand der mittelalterlichen Burg Ehrenhausen erstmals erwähnt wurde. Das hat mich so gepackt, dass ich mit Genuss weitergeforscht habe.«

Arthur wollte gerade gähnen, da kniff ihm Hilde sanft in den Arm. »Reiß dich zusammen.«

»Gibt es literarische Quellen, die du besonders empfehlen kannst?«, kam Lilli gleich zur Sache.

»Ja, sicher. Ich habe einige Bücher selbst gekauft. Du kannst sie gerne ausborgen, wenn du möchtest.«

»Da ich schon in ein paar Tagen abreise, wäre es in Ordnung, wenn du sie mir gleich mitgeben würdest? Dann habe ich noch Zeit, darin zu schmökern, und gebe sie dir vor meiner Abreise zurück.« Lilli war sonst kein Mensch, der mit der Tür ins Haus fiel. Aber ungewöhnliche Situationen erforderten außergewöhnliche Maßnahmen, wie Hilde immer zu sagen pflegte. Else war sofort einverstanden und lud die drei sogleich ein, mit in ihre Wohnung zu kommen.

Sie waren überwältigt von Elses Heim. Das war keine Wohnung, das war eine Bibliothek. In jedem Zimmer – und die Wohnung war nicht klein – gab es Regale voller Bücher. Und die Bücher, die keinen Platz hatten, türmten sich am Boden. »Bücher sind nun mal mein Leben«, sagte sie fast entschuldigend, als sie die überraschten Blicke der drei Freunde sah. Selbst Arthur war mit einem Mal hellwach und höchst interessiert, was für Schätze Else im Laufe ihres Lebens zusammengetragen hatte.

»Du hast sogar eine Auszeichnung für deine Tätigkeit als Fremdenführerin erhalten, das Goldene Ehrenzeichen des Landes Steiermark! Das wusste ich gar nicht. Herzliche Gratulation!«, konnte es Lilli gar nicht fassen. Else wurde leicht rot im Gesicht. Sie war so bescheiden.

»Wow! Else, das ist sensationell!«, gratulierte Hilde ihr. Else tat die Würdigung mit den Händen ab, als wäre das gar nichts Besonderes.

Hilde packte die Bücher, die Else ihnen wärmstens empfahl, in eine große Papiertasche. »Und das Ehrenhausenbuch nimmst du, Arthur!«, drückte sie ihrem Freund diesen schweren Wälzer in die Hände.

»Aber bitte, passt gut darauf auf! Manche dieser Bücher sind bereits vergriffen!«, mahnte Else sie etwas besorgt. Das versprachen alle drei hoch und heilig, als sie sich von ihr verabschiedeten.

»Und mit diesen Hinkelsteinen sollen wir zu Fuß zum Hotel hinaufwandern?«, war Arthur empört. »Jetzt habe ich etwas gut bei euch.« Als sie beim Gemeindeamt vorbeikamen, sahen sie Licht im Archiv.

»Die Lena arbeitet scheinbar Tag und Nacht. Jetzt hat sie doch noch die Gelegenheit bekommen, die Festschrift zu verfassen.« Lilli wurde wieder traurig. »Das hätte nur der Mitzi gebührt. Von Herzen hätte ich ihr das vergönnt«, empfand sie Mitzis Schicksal einmal mehr als ungerecht.

Als sie im Hotel ankamen, setzte sich Lilli auf ein Sofa in den ersten Stock des Hotels. Dort gab es ebenfalls einen Eingang in das Hotel, doch dieser wurde nur selten benützt. In aller Ruhe blätterte sie die Bücher durch, die Else ihnen mitgegeben hatte. Herrlich, diese Stille. Nur ab und zu kamen Hotelgäste vorbei. Entweder wollte jemand im Sportdress ins Fitness Center oder jemand anderer wollte mit dem Hund Richtung Wald spazieren. Lilli genoss diese wohlige, entspannte Atmosphäre und konnte sich gut auf die Literatur konzentrieren. Gerade für sie als gebürtige Ehrenhausenerin waren die Inhalte hochinteressant. Viele Erinnerungen wurden wach, und sie hätte noch stundenlang darin lesen können. Allerdings fand sie leider keine für sie relevanten Anhaltspunkte, die sie weitergebracht hätten. Enttäuscht klappte sie die Bücher zu und trug sie zurück ins Hotelzimmer. Hilde stand gerade am Balkon und genoss den Ausblick. Es war schon später Nachmittag, und die Sonne wanderte Richtung Koralpe, also gen Westen. Auf dieser Höhe fielen die Lichtstrahlen direkt in das Hotelzimmer. Auch andere Hotelgäste registrierten dieses besondere Licht und begaben sich auf den Balkon, um darin einzutauchen und noch möglichst viel Sonne zu tanken.

»Arthur nimmt gerade in der Vinothek an einer Weinpräsentation des Winzers des Monats teil«, klärte sie Lilli auf, als diese sich wunderte, wo denn Arthur steckte.

»Ich nehme an, der Wein wird nicht nur präsentiert, sondern auch verkostet«, bemerkte Lilli etwas süffisant.

»Wenn du Lust hast, können wir beide raus auf die Weinstraße fahren, irgendwo stehen bleiben und den Sonnenuntergang genießen.«

»Gute Idee!«

»Nimm deinen Pass mit, ich würde gerne über die Grenze fahren.« Lilli war überrascht, hatte aber nichts dagegen. Sie fuhren über Berghausen, den Platsch weiter auf die Südsteirische Weinstraße hinauf. Kurz vor dem kleinen Grenzübergang bremste Hilde scharf. Fast hätte sie die Abzweigung übersehen. Der Grenzbeamte schaute aus seinem Häuschen, ließ sie aber ohne Kontrolle passieren. Nun ging es eine schmale

Landstraße nach unten und dann gleich wieder nach oben. Bevor sie um eine Kurve fuhren, nach der der Weg wieder in die Weinberge hinaufführte, hielt Hilde wiederum abrupt an. »Und was tun wir hier?«, wollte Lilli wissen.

»Aussteigen und die Aussicht genießen.«

»Aber hier ist ein Schild, das besagt, dass nur Gäste den Parkplatz benützen dürfen.«

»Wir sind doch auch Gäste.«

»Aber wir wohnen hier nicht.«

»Dann halt potenzielle Gäste«, grinste Hilde. Sie ließ sich von Lilli doch noch überreden, den Privatparkplatz zu verlassen und im freien Gelände zu parken. Sie befanden sich in Ciringa, einer kleinen Siedlung in der Gemeinde Kungota im nordöstlichen Teil von Slowenien. Der spätnachmittägliche Ausflug lohnte sich: Der Blick fiel in eine nie enden wollende Weite, die gesäumt war von dünn besiedelten Weinbergen, Anhöhen mit Mischwäldern, und am Horizont sah man verschiedene Bergketten, wie etwa die Ausläufer des Bachern. Der Himmel überspannte die Landschaft zu einer perfekten, untrennbar miteinander verbundenen Einheit. Lilli und Hilde waren ergriffen von diesem Bild. Das war Landschaftsmalerei in Reinkultur. Sie setzten sich auf eine Bank am Wegesrand und genossen, was sich vor ihren Augen ausbreitete. Selbst Hilde, die von sich selbst meinte, man müsse ihr Mundwerk separat erschlagen, wenn sie mal von dieser Welt ging, gab keinen Laut von sich. Langsam wurde es kühler, und die Sonne, die ein letztes Mal mithilfe ihres goldfarbenen Lichts diese Kulisse zum Glänzen brachte, strich sanft über die Weinberge, um dann schneller als vermutet hinter den Bergen zu verschwinden. »Die Else ist schon eine bemerkenswerte Frau«, ließ Hilde plötzlich fallen.

»Ja eh, aber was meinst du genau?«

»Ich habe ihren Artikel im Ehrenhausenbuch nachgelesen. Was die alles herausgefunden hat, ist unglaublich.«

»Was zum Beispiel?«

»Sie hat zum Beispiel viel über die Frauen der Eggenberger geforscht.«

Lilli horchte auf. »Wirklich. Und was genau?«

Hilde schaute auf ihrem Handy nach, um Lilli die abfotografierten Textpassagen vorzulesen. »Als Fremdenführerin wusste ich natürlich, dass die Witwe von Christoph von Eggenberg, Helena Benigna, sich wieder vermählt hat, mit einem gewissen Georg Stadler. Ich zitiere: ›an den noch eine Inschrift an der Süd-Ost-Bastei des Schlosses erinnert, die besagt, wann und durch wen die Ringfestung erbaut worden ist: ›Anno Domini 1553 hat der Edel und Vest Georg Stadler … und so weiter‹. Aber die Else hat im Steiermärkischen Archiv in einer Urkunde auch Folgendes herausgefunden. Ich zitiere: ›Helena Benigna erhielt im Jahre 1559 für den Markt Ehrenhausen zwei Jahrmärkte vom Landesfürsten Ferdinand 1. verliehen.‹ Das wusste ich vorher nicht.«

»Das kommt mir bekannt vor. Das muss ich irgendwo in den Büchern gelesen haben«, war sich Lilli ziemlich sicher.

»Und was ich auch nicht so genau wusste: Else hat Folgendes in einer Urkunde gelesen. Ich zitiere wieder: ›Helenas zweiter Gatte Georg verzichtete auf alle Ansprüche auf Schloss und Herrschaft Ehrenhausen zugunsten ihrer drei Söhne Hans Christoph, Bartholomae und Ruprecht von Eggenberg, wobei zuerst Hans Christoph die Verwaltung führte und nach dessen Tod Ruprecht.‹«

»Das muss ich auch irgendwo gelesen haben. Das höre ich nicht zum ersten Mal«, kam dieser Text Lilli ebenfalls bekannt vor.

»Interessant ist Folgendes über das Testament von Ruprecht von Eggenberg und das Mausoleum. Ich zitiere ein letztes Mal: ›Das Testament ist ein Beweis, dass der Bau bereits 1609 begonnen wurde, wenngleich auch die Datierung der Steintafel auf der Nordseite des Grabmals 1610 lautet.‹«

»Also, das verstehe ich nicht. Mir kommt das alles bekannt vor, nämlich der gesamte Wortlaut. So, als hätte ich das, was du aus Elses Buchartikel gerade zitiert hast, schon gelesen. Dabei habe ich mir das Ehrenhausenbuch erst für heute Abend vorgenommen. Wir schauen uns das zu Hause an.«

In der Zwischenzeit war es dunkel geworden. Beim Heimfahren war nicht nur der plötzlich auftretende Nebel ein Problem, sondern auch der Wildwechsel. Hilde hätte um ein Haar ein Reh erwischt, das knapp vor ihnen von der einen auf die andere Straßenseite in den Wald lief. Arthur wartete schon ungeduldig auf die beiden im Spa-Bereich, denn in zwei Tagen würden sie alle die Südsteiermark verlassen und ihre Heimreise antreten. Er wollte keine Sekunde ungenützt lassen.

Der Polizeibeamte traute seinen Augen nicht, als Lilli und Hilde wieder vor ihm standen. »Kann es sein, dass Sie Gefallen an der Polizeistation gefunden haben?«

»Wir haben etwas, was Sie interessieren könnte«, legte Lilli die 30 von Mitzi mit Leuchtstift markierten Seiten auf den Tisch.

»Worum geht es?«

»Immer noch um den Mordfall *Mitzi*«, konnte es sich Hilde nicht verkneifen, auf den Umstand hinzudeuten, dass der Mörder oder die Mörderin nicht gefasst war.

»Wenn Sie mir das so präsentieren, dann ist das ein Plagiat«, hatte der Polizist den Sachverhalt schnell erfasst. »Sagen Sie, woher haben Sie das?«

»Aus dem Archiv.«

Der Polizeibeamte schaute sie ungläubig an. »Das ist ja eine wahre Fundgrube. Da sind Sie jedoch bei uns falsch. Sie müssen sich an die zuständige Universität wenden, an der die Dame ihren Doktor gemacht hat.«

Ein Kollege, der im hinteren Teil des Raumes saß und das Gespräch mitbekommen hatte, gesellte sich dazu. »Das ist aber insofern nicht uninteressant für uns, weil die Dame für die Tatzeit kein Alibi hat. Es wäre für sie ein Riesenproblem gewesen, wenn das die Mitzi, die offensichtlich draufgekommen ist, dass sie 30 Seiten ihrer Dissertation abgeschrieben hat, der Uni gemeldet hätte. Dann wäre ihr womöglich der Doktortitel aberkannt worden, und beruflich hätte sie auch große Schwierigkeiten bekommen. Frau Gruber wollte bestimmt nicht, dass die Mitzi das der Uni meldet beziehungsweise dass das an die Öffentlichkeit gelangt. Wenn das kein Motiv ist.« Und zu Lilli und Hilde gewandt: »Wir kümmern uns drum. Und zu niemandem ein Wort, aus …« Weiter kam er nicht. »Aus ermittlungstechnischen Gründen, wir wissen!«, ergänzte Hilde und grinste.

»Jetzt verstehe ich auch, warum Lena unbedingt die Festschrift verfassen wollte. Sie wollte auf alle Fälle vermeiden, dass Mitzi checkt, dass sie diese 30 Seiten von Elses Buchartikel für ihre Dissertation einfach so, ohne mit der Wimper zu zucken, abgekupfert hat«, brachte es Hilde auf den Punkt.

»Und Mitzi war halt eine Genaue, ist beim Recherchieren draufgekommen und hat sie damit konfrontiert«, ergänzte Lilli.

Arthur, der im Auto geblieben war, warf ein: »Es hätte jedoch immer noch die Gefahr bestanden, dass Else ihre Dissertation liest und das selbst entdeckt.«

Hilde griff diese Möglichkeit auf: »Vielleicht hat sie damit spekuliert, dass Else das gar nicht checkt, da sie diesen Artikel schon vor über 30 Jahren geschrieben hat. Ich weiß nur von Else, dass sich die beiden nicht sonderlich gut kannten und dass Else auch nach ihrem 80er zwar weiterhin die Führungen machen, aber die Archivarbeit Jüngeren überlassen wollte.«

»Offensichtlich hat Mitzi Else nichts davon erzählt, oder noch nicht. Vielleicht war sie kurz davor, ihr das schonend beizubringen und sie darin mit einzubeziehen, dass sie der Universität ihre Beweise zukommen lässt«, dachte Lilli weiter.

Eines war sich Arthur sicher: »Im Archiv können wir uns nicht mehr blicken lassen.«

»Und auf Lena kommt jetzt einiges zu«, wurde Lilli plötzlich nachdenklich.

»Hast du ein schlechtes Gewissen, Lilli?«, glaubte Hilde zu bemerken.

Lilli überlegte kurz: »Nein, denn wenn sie Mitzi wirklich umgebracht hat, was ich einfach nicht glaube, dann wäre es endlich geklärt und sie würde rechtmäßig verurteilt werden. Und wenn nicht, wovon ich ausgehe, dann soll sie dafür geradestehen, dass sie 30 Seiten ihrer Dissertation einfach abgeschrieben hat.«

»Nämlich von einer Frau, die für einen Buchartikel stundenlang akribisch im Steiermärkischen Landesarchiv selbst geforscht und alle Quellen ordnungsgemäß angegeben hat«, empörte sich Hilde aufs Neue. »Gut, dass du den Polizisten dazu gebracht hast, die Else darüber zu informieren. Sie soll selbst entscheiden, ob sie das bei der Universität meldet oder nicht.«

17 DES KANNST NET ERFINDEN

Lilli trat ihre Heimreise nach Wien mit gemischten Gefühlen an. Sie hatte zwar die Zeit mit ihren Freunden in ihrer Heimat genossen, doch der Umstand, dass Mitzi umgebracht worden und der Mörder oder die Mörderin noch immer nicht gefasst war, machte sie unrund.

Alle Passanten und Passantinnen schauten belustigt, als Hilde und Arthur für sie vor dem Flughafen Graz-Thalerhof direkt vor dem Eingang zum Abschied die Welle machten. Sie wusste, dass es nur ein kurzer Abschied sein würde, da sie im nächsten Monat einen New York-Flug eingeteilt bekommen hatte. Also würde sie die beiden bestimmt bald wiedersehen. Sie winkte ihnen noch nach, bis Hildes Auto nicht mehr zu sehen war. Auf dem Flughafen ging es rund, kein Wunder, war es doch Montagmorgen. Da sie privat flog und daher auf Standby für den Flug nach Wien war, musste sie bis kurz vor Abflug warten, ob sie tatsächlich einen Sitzplatz bekommen würde. Ansonsten müsste sie es bei der nächsten Maschine versuchen, nach Wien mitzukommen. Oder sie fuhr mit der S5 nach Graz weiter und mit der Bahn nach Wien. Standby zu fliegen war immer ein kleiner oder großer Nervenkitzel. Aber heute wurde ein *Airbus 319* eingesetzt, der mehr Leute mitnehmen konnte als der normal eingesetzte *Embraer*. Die Chancen für einen freien Sitzplatz standen also sehr gut.

Sie stellte sich bei der Sicherheitskontrolle an und legte ihr Handgepäck in eine dafür vorgesehene Wanne auf das Förderband. Sie war ganz in Gedanken versunken. »Würden Sie bitte weiterkommen«, weckte sie ein Sicherheitsarbeiter etwas unfreundlich aus ihren Träumereien. Tausende Male war sie schon durch solche Kontrollen gegangen, auf den unterschiedlichsten Flughäfen auf der ganzen Welt. Es war Routine, sodass sie gar nicht mehr mit voller Aufmerksamkeit dabei war. Als sie durch den Schranken gegangen war, blieb sie abrupt stehen, da sich bereits eine kleine Schlange gebildet hatte, um das Handgepäck herunterzunehmen. Fast wäre sie in den Mann vor ihr hineingerannt, weil er zu nah beim Schranken stehen geblieben war. Sie entschuldigte sich höflich. Der Mann verzog keine Miene. Sie zwängte sich gerade noch durch den Schranken und musste feststellen, dass das Förderband stehen geblieben war. Irgendetwas hatte das Sicherheitspersonal genauer mit dem Metalldetektor zu kontrollieren. Na endlich. Das Förderband lief wieder an. Viele Handgepäckstücke, Duty-Free-Sackerl, Mäntel und Taschen kamen zum Vorschein. Wann kam endlich ihr kleiner Handgepäckskoffer? Gebannt schaute sie auf das Förderband. Das blieb plötzlich wieder abrupt stehen. Das durfte doch nicht wahr sein! Wieder gab es einen Ruck, und endlich wurden das Handgepäckstück des Mannes vor ihr und ihres weitertransportiert. Die beiden

Wannen mit dem Handgepäck waren eng zusammengeschoben. Als Lilli ihre Habseligkeiten aus der Wanne hob und einen Blick auf das Handgepäck in der Wanne daneben machte, traute sie ihren Augen nicht. Was für ein Zufall! Auf dem schwarzen Koffer des Mannes vor ihr klebte etwas, das ihr ins Auge stach. Lilli versuchte, nicht zu auffällig zu lesen, was da draufstand. Zu blöd. Jetzt drehte der Mann den Koffer auch noch zu sich, sodass sie das gar nicht mehr lesen konnte.

Es ließ ihr keine Ruhe. Dann musste sie anders vorgehen. Sie wartete solange, bis der Mann sich im Wartebereich hingesetzt hatte. So, als wäre es ganz zufällig, setzte sie sich neben ihn, wobei sie höflicherweise zwei Plätze ausließ, gerade so viel, um den Sticker auf dem Koffer lesen zu können. Sie zückte ihr Mobiltelefon und tat so, als würde sie sich intensiv damit beschäftigen. In Wahrheit versuchte sie jedoch, mit dem Mobiltelefon den Koffer gut ins Blickfeld zu bekommen. Gerade, als sie ein Foto machen wollte, stand der Mann auf und ging in Richtung Duty Free. Das durfte doch nicht wahr sein! Lilli folgte ihm unauffällig. Sie beobachtete ihn, wie er verschiedene Sonnenbrillen ausprobierte und sich dabei immer wieder im Spiegel ansah. Dabei gelang es ihr endlich, einen Moment zu nutzen und das Foto zu schießen. Geschafft! In Windeseile verließ sie den Duty Free und setzte sich wieder in den Wartebereich ihres Gates. Als sie das Bild vergrößerte, wurde ihr ganz anders. »Sehr geehrte Damen und Herren, darf ich um Ihre Aufmerksamkeit bitten.

Frau Lilli Palz, ich wiederhole, Frau Lilli Palz wird gebeten, zum Schalter zu kommen.« Fast hätte Lilli ihren Aufruf überhört. Ausgerechnet jetzt! Sie lief zum Schalter. Lilli wurde immer nervöser. Dort musste sie warten, weil der Drucker für die Bordkarten gerade nicht funktionierte. Es gelang ihr schließlich, das Foto Hilde und Arthur zu schicken mit den Worten: »Lieber Arthur, schau dir das bitte an.« Lilli ging das alles zu langsam. Sie wusste, die Zeit drängte. Endlich die Antwort von Hilde: »Arthur hat es bestätigt. Wir schicken es der Polizei in Gamlitz.« Lilli versuchte, sich zu beruhigen. Wo war der Mann jetzt? Hektisch blickte sie in alle Richtungen. Ah, noch immer im Duty Free. Plötzlich läutete ihr Handy. »Lilli Palz? Ja! Nein, echt jetzt? Okay! Ich versuche es.« Es war klar, dass es immer Lilli war, die Spezialaufträge bekam.

»Sehr geehrte Damen und Herren, wir bitten um Ihre Aufmerksamkeit. Aufgrund von schlechten Wetterbedingungen in Wien muss der Flug leider um 20 bis 30 Minuten verschoben werden. Wir halten Sie auf dem Laufenden und danken Ihnen für Ihr Verständnis.« Lilli wunderte sich, denn hier in der Steiermark gab es strahlenden Sonnenschein. Als sie auf die Wetterkarte für Wien blickte, war es zwar bewölkt, doch es gab keinen Nebel. Sie ahnte schon, dass das einen anderen Grund hatte. Sie nahm sich zusammen und setzte sich in das Café in der Nähe der Flugsteige, und zwar ganz in die Nähe dieses Mannes. »Entschuldigen Sie bitte, dass ich Sie anspreche. Aber haben Sie auch einen Anschlussflug in Wien?«

Der Mann reagierte zunächst nicht. Dann fühlte er sich doch bemüßigt zu antworten. »Ja.« Knapp, aber immerhin.

Lilli ließ nicht locker. »Wissen Sie, ich bin bis jetzt noch nicht oft geflogen. Haben Sie vielleicht gehört, ob die Anschlussflüge in Wien warten?« Lilli wurde nicht einmal rot bei dieser Lüge.

»Nein, habe ich nicht.« Na, geht ja.

Wie lange sollte sie das durchhalten? Sie ließ sich nicht abwimmeln. »Wissen Sie, ob man für die Verspätung eine Entschädigung bekommt?«

»Nein, weiß ich nicht. Da fragen Sie am besten das Personal am Schalter.« Der Mann tat so, als würde er sich in seine Zeitung vertiefen. Das ging eine Weile so dahin. Endlich kam der Aufruf, zum Gate zu gehen.

»Dann guten Flug!«

»Ebenfalls!«, raunte der Mann noch im Aufstehen und suchte das Weite. Lilli ließ ihn nicht aus den Augen, und es gelang ihr schließlich, wieder dicht hinter ihm zu stehen, als sie bei der Bordkartenkontrolle vorbei in den Bus stiegen. »Jetzt geht es doch früher los als gedacht.« Der Mann nickte und drehte sich demonstrativ um. Bestimmt dachte er, sie wolle etwas von ihm. Lilli spürte, wie ihr Herz zu klopfen begann. Ruhe bewahren, war die Devise. Das hatte sie gelernt, all die Jahre an Bord im Flugzeug. Der Bus wartete eine gefühlte Ewigkeit, bis er sich langsam in Bewegung setzte. »Ach, eine Frage hätte ich noch. Ich habe Ihnen bereits erzählt, dass ich erst selten geflogen bin. Wissen Sie, wie man nach der Ankunft am schnellsten zum Terminal 1 kommt?« Der

Mann seufzte kurz, zückte dann aber sein Mobiltelefon, zeigte ihr eine Karte vom Flughafen Wien und erklärte ihr den Weg. Vor dem Flugzeug hielt der Bus an. Es dauerte für Lilli eine gefühlte Ewigkeit, bis endlich die Türen aufgingen und die Leute aussteigen konnten. Sie blieb dem Mann dicht auf den Fersen. Plötzlich kurz vor der Stiege zum Flugzeug hinauf überlegte es sich der Mann blitzartig anders und ging zum hinteren Einstieg. Wahrscheinlich wollte er Lilli loswerden. Lilli war so verblüfft, dass sie beim Umdrehen mit ihrem Handgepäckskoffer fast über die Füße eines Passagiers fuhr. Uff, sie hatte es geschafft und war wieder direkt hinter dem Mann in der Schlange beim hinteren Einstieg. Die Frau, vor die sie sich in die Schlange gedrängt hatte, schaute sie böse an.

Auf einmal, wie aus dem Nichts, tauchten links und rechts Männer auf und umzingelten Lilli und den Mann. »Herr Martin Klein?« Das Spiel war aus. In dem Moment schubste der Mann Lilli mit einem kräftigen Stoß zur Seite, bahnte sich den Weg durch die Schlange der Passagiere und versuchte, über die Felder neben dem Flughafen zu flüchten. Dieses Unterfangen nahm ein schnelles und jähes Ende. In Handschellen und mit Blaulicht wurde der Bruder der Galeristin vom Vorfeld direkt nach Graz in die Untersuchungshaft geführt.

Als Lilli sich im Flugzeug auf ihren Platz gesetzt hatte, kam die diensthabende Kollegin aufgeregt zu ihr und fragte sie leise: »Sag, was war da los?«

»Das ist eine längere Geschichte«, hatte Lilli gar keine Lust, alles genau zu erzählen.

Am Flughafen Wien angekommen, hatte Lilli schon 100 Nachrichten und Anrufe auf ihrem Mobiltelefon. Ihre Freunde waren besorgt, ob es ihr wohl gut ging.
»Das ist wie im Film«, kriegte Hilde sich fast nicht ein.
»Hast du dich nicht gefürchtet?«
»Nein, Flugbegleiterinnen haben keine Angst. Sie haben für jeden Notfall ihre Procedures parat.«
»Auch für so einen Fall?«, wollte Arthur es genau wissen.
»Nein, aber ich habe so getan, als ob.«
»Stell dir vor, der hatte ein Ticket von Graz nach Wien und dann über Frankfurt weiter nach Südamerika«, wusste es Hilde mittlerweile ganz genau.
»Seiner Schwester, der Galeristin, hat er erzählt, dass er dringend ein paar Tage Urlaub benötige und mit dem Zug nach Triest fahren würde«, erzählte Arthur weiter.
»Was mich brennend interessiert, ist, wie das mit dem Video war, das der Polizist aus Gamlitz im Telefonat mit mir kurz erwähnt hat.«
Hilde bekam vor lauter Aufregung fast keine Luft.
»Also, das war so: Ein Tourist aus München hat letzte Woche den Urlaub mit seiner Frau in der Südsteiermark verbracht. Da er ein sehr gläubiger Mensch ist, hat er an der Abendmesse, nach der Mitzi umgebracht worden ist, teilgenommen.«
Arthur setzte fort: »Er war von der Abendstimmung des historischen Ortskerns und den beleuchteten

Gebäuden so angetan, dass er sich nach der Abendmesse in die Toreinfahrt eines dieser schönen alten Häuser gegenüber von der Kirche auf der anderen Straßenseite gestellt hat, um ein Video zu machen.«

»Und auf diesem ist zu sehen, wie Martin Klein, Bruder der Galeristin, eine Zeit lang nach der Abendmesse aus der Kirche kam und Richtung Bahnhof gelaufen ist. Angeblich ist er auch mit dem Zug gekommen und wieder nach Graz retourgefahren, weil niemand wissen sollte, dass er in Ehrenhausen war«, war Hilde noch immer aufgeregt.

Arthur übernahm wieder. »Auf dem Video sieht man dann ein paar Minuten später den Kulturreferenten von der Bahnhofstraße her um die Ecke kommen, Richtung Pfarrhaus gehen und in der Hauseinfahrt warten. Else ist nur wenige Meter hinter ihm und geht den Weg zum Mausoleum rauf.«

»Jetzt weiß ich aber noch immer nicht, warum der Tourist das Video der Polizei in Gamlitz geschickt hat«, bohrte Lilli weiter.

»Gestern Abend hat der Tourist aus München von seinem Ferienwohnungsvermieter von dem Mord erfahren. Da wurde ihm bewusst, dass vielleicht Hinweise auf seinem Video zu finden sind«, erklärte Arthur weiter.

»Die Kripo München hat dann das Video den österreichischen Kollegen geschickt. Die Polizei von Gamlitz hat es schließlich mehreren Leuten in Ehrenhausen gezeigt. Else hat den Bruder der Galeristin sofort erkannt«, beantwortete schließlich Hilde Lillis Frage zur Gänze und erzählte noch völlig aufgelöst weiter.

»Als die Polizei die Galerie in Graz aufgesucht hat, um ihn zu vernehmen, hat seine Schwester, die Galeristin, darauf verwiesen, dass er nach Triest gefahren sei. Sie haben sogar den Zug nach Triest anhalten lassen, um ihn zu stellen.«

»Hilde, bitte beruhige dich! Der Täter ist schon gefasst. Gut, dass nicht du, sondern ich mich am Flughafen an seine Fersen heften musste!«, hielt Lilli Hildes Aufgebrachtheit für übertrieben.

Arthur wirkte fast ein wenig stolz, dass er auch etwas zur Ergreifung des Täters beigetragen hatte. »Und als du uns dann das Foto von dem goldfarbenen Sticker von der *Galerie Klein & Co* geschickt hast, habe ich mich erinnern können. Und zwar, dass ich diesen goldfarbenen Sticker im Mausoleum gesehen habe, als ich dort eingesperrt war, auf dem Werkzeug und dem Arbeitsmaterial, die für die Renovierungsarbeiten verwendet wurden. Wir haben dann das Foto mit dem Sticker sofort der Polizei in Gamlitz weitergeleitet. Die haben eins und eins zusammengezählt und die Polizei am Flughafen Graz verständigt, damit sie den Bruder der Galeristin ergreifen.«

»Und mich gebeten, ihn in ein Gespräch zu verwickeln, damit sie sofort den richtigen erwischen. Es war gar nicht so leicht, ihm immer dicht auf den Fersen zu sein, damit er keinen Verdacht schöpft«, erklärte Lilli, was die Polizei von ihr wollte.

»Ah, deswegen wollte die Flughafenpolizei ein Foto von dir«, verstand Hilde erst jetzt. »Was wir von Anni erfahren haben, ist, dass Mitzi die Galeristin in dem

Wirtshaus *Zum Goldenen Löwen* aufgesucht hat, als diese dort mit dem Entrümpeln beschäftigt war. Als sie der Klein vertraulich erzählt hat, dass sie Entwürfe von Johann Bernhard Fischer von Erlach auf dem Dachboden des Pfarrhauses gefunden hat und wissen wollte, was die wert sind, ist ihr Bruder zufällig dazugekommen, weil er seiner Schwester beim Wegtransportieren der *Thonet* Sessel helfen musste. Er hat die beiden reden gehört und vor der Tür dem Gespräch gelauscht. Dabei hat er erfahren, wie wertvoll diese Entwürfe sind.«

»Kurze Zwischenfrage: Woher weiß die Anni das alles?«

»Wie sie immer sagt, das tut jetzt nix zur Sache«, lachte Arthur.

Hilde setzte, nun schon etwas ruhiger, fort: »Bei der Polizei hat der Bruder der Galeristin angeblich angegeben, dass er sein Leben lang nur für seine Schwester geschuftet hat, die immer in der Öffentlichkeit geglänzt hat. Er, der der eigentliche Könner und Künstler war, sei nie im Rampenlicht gestanden. Er wollte die Entwürfe auf dem Schwarzmarkt verkaufen und sich dann ein schönes Leben machen. Er hat beteuert, dass er von Mitzi nur die Skizzen wollte. Auch wenn er sie am Chor auf der Brüstung körperlich bedrängt habe, habe er sie nicht töten wollen. Sie konnte angeblich gerade noch sagen, dass sich die Entwürfe in der Kirche befanden, weiter kam sie nicht. Denn dann kippte sie rücklings vom Chor runter.«

»Ob die Mitzi bei dem Gerangel am Chor aus Versehen die Brüstung hinuntergestürzt ist oder ob sie der Bruder der Galeristin bewusst hinuntergestoßen hat, muss erst geklärt werden. Ob Mord oder tragischer Unfall, das müssen die Gerichte entscheiden«, brachte es Arthur mit getragener Stimme auf den Punkt, als würde er Zeilen aus einem Werk von Shakespeare zitieren.

Hilde und Arthur saßen ein letztes Mal mit einem Glas Welschriesling, dem so typischen Wein für die Südsteiermark, in der Hand vor Hildes Steinhaus mit Blick Richtung Slowenien. Lilli war per Videoschaltung am Laptop mit dabei. Am nächsten Tag sollten ihre beiden Freunde wieder nach Übersee reisen. »Ein Rätsel werden wir wohl nie lösen«, schien Lilli den Fall noch immer nicht abgeschlossen zu haben. Hilde und Arthur wurden hellhörig und schauten sich fragend gegenseitig an.

»Welches denn?«, verdrehte Arthur die Augen.

»Vielleicht war es Zufall, dass im Archiv das Blatt mit dem handgezeichneten Klapotetz aus den Unterlagen von Frau Marko auf den Boden gefallen ist. Oder aber Mitzi hat bewusst das Stück Papier aus dem Zeichenblock herausgerissen und als Hinweis im Archiv hinterlassen. Vielleicht hatte sie Angst, dass niemand den unterzeichneten Leibrentenvertrag finden würde, falls ihr etwas zustoßen sollte«, hätte Lilli nur allzu gerne gewusst.

Hilde seufzte: »Eine gewagte These. Wie es wirklich war, werden wir wohl nie erfahren.«

»Und du, liebe Lilli, solltest jetzt endlich loslassen«,

forderte Arthur seine Freundin auf und nahm sein Glas in die Hand.

Der Himmel war wie ausgefegt, die Luft rein und frisch. Spektakuläre Wolken zogen am blitzblauen Himmel an ihnen vorüber. Wenn es so etwas wie den *Indian Summer* in der Südsteiermark gab, dann wurde er ihnen jetzt in voller Pracht präsentiert. Die Sonne ließ die lieblichen Hügel mit den Weingärten und Pappeln, die Wiesen und herbstlichen Wälder in diesem für die Südsteiermark typischen alles durchdringenden goldenen Licht leuchten. Als würde man einen Vorgeschmack darauf bekommen, wie es einmal im Paradies sein würde. Zum Schluss sprach Arthur einen Toast auf diesen abenteuerlichen Urlaub mit seinen zwei Freundinnen aus und schloss mit den Worten: »Post Onus Voluptas – nach der Last das Vergnügen!«

DANKSAGUNG

Ich danke meinen beiden Herzensmenschen, Katharina und Wolfgang, für ihren Glauben an mich und ihre große Unterstützung. Pusht mich bitte weiterhin, meine Kreativität auszuleben!

Dankbar bin ich auch unserer Jack-Russell-Hündin Gini für die langen Spaziergänge, auf denen viele Ideen für dieses Buch gereift sind.

Claudia Senghaas und dem gesamten Team des Gmeiner-Verlags danke ich herzlich für die professionelle und unkomplizierte Betreuung.

Ich bin dankbar, in der Südsteiermark geboren und aufgewachsen zu sein. Durch meine Tätigkeit als Flugbegleiterin bei Austrian Airlines habe ich viele beeindruckende Plätze auf der Welt gesehen. Für mich ist die Südsteiermark der schönste.

Dagmar Hager
Salzkammerglut
Kriminalroman
256 Seiten, 12,5 x 20,5 cm,
Broschur
ISBN 978-3-8392-0816-8

Während Bad Ischl fröhlich den Kaisergeburtstag feiert, bricht auf der Rettenbachalm ein Flammeninferno aus. Kurz darauf wird in den Überresten einer verkohlten Hütte eine männliche Leiche gefunden: Unternehmer Regus Dorninger. Ein Mann mit vielen Feinden. Doch wer hasste ihn so sehr, dass er zum Mörder wurde?

LKA-Ermittler Ben Achleitner steht vor seiner härtesten Prüfung. Denn nicht nur listige Gegner stellen sich ihm in den Weg – auch sein eigenes Herz kommt ihm in die Quere.

GMEINER SPANNUNG

WWW.GMEINER-VERLAG.DE
Wir machen's spannend